Diogenes Taschenbuch 23913

Lukas Hartmann
Die Seuche

Roman

Diogenes

Die Erstausgabe erschien 1992
beim Verlag Nagel & Kimche AG,
Zürich/Frauenfeld
Umschlagillustration: Hieronymus Bosch,
›Die Kreuztragung‹
(Ausschnitt Veronika),
um 1500

Veröffentlicht als Diogenes Taschenbuch, 2009
Alle Rechte vorbehalten
Copyright © 2009
Diogenes Verlag AG Zürich
www.diogenes.ch
80/09/36/1
ISBN 978 3 257 23913 3

Our past still lies ahead of us
Lewis Mumford

Wer bist du, Hanna? Noch kenne ich dich kaum, ich sehe dich am frühen Morgen aus dem Haus treten. Den Morgenhimmel liebst du, das weiß ich, fröstelnd stehst du in der Kälte, an den Schattenhängen liegt noch Schnee, aber das Grün der Wiesen wird jetzt satter von Tag zu Tag. Auf dem Weg zum Brunnen siehst du blühenden Huflattich; du wirst ihn sammeln und trocknen, die Großmutter macht einen Hustentrank daraus. Schafe blöken in ihren Pferchen, das überhörst du wie das ungeduldige Gackern der Hühner, denn die Klosterglocke beginnt zu läuten, und du schaust hinunter zum Kloster, das am Rand des Plateaus steht, hoch über dem Tal und viel zu groß fürs Dorf, eine dunkle Masse vor der aufgehenden Sonne. Dort betet er jetzt, dein Bruder, er betet wie einer der Mönche, obgleich er keiner ist, er betet in der Kirche mit dem gedrungenen Turm. Nein, du gehst nicht mehr hin, du kannst es nicht mit ansehen, wie er daliegt mit ausgebreiteten Armen, wie er mit der Stirn auf die Fliesen schlägt. Bete zu Gott, dass das

Übel uns verschone, hat Mathis gesagt, bete zum heiligen Sebastian und zum heiligen Martin; du hättest beten sollen, Hanna, gleich nach dem Aufstehn. Das Übel kommt näher von Tag zu Tag, durch die Luft kommt es, sagt Mathis, es ist der Hauch des Bösen, wie willst du dich dagegen wehren ohne die Macht des Kreuzes?

Und Sam Ssenyonja habe einen Hektar Land besessen, mit Kaffeesträuchern und Bananen bepflanzt, er habe in einem Steinhaus gewohnt, mit Ziegeln bedeckt, mit hölzernen Läden vor Türen und Fenstern

Die andern am Brunnen sind ernster als sonst, schweigend füllen sie ihre Eimer. Gestern sind Pilger angekommen, erschöpft und zerlumpt, auf der Rückkehr vom Jakobsgrab, sie haben in der Klosterherberge genächtigt; eine lange Reise muss es sein mit den gesegneten Muscheln im Gepäck, über Berge, durch Schluchten, durchs ganze Frankenreich. Einer der Pilger sei krank gewesen, so krank, dass die Männer die vier verjagen wollten, aber Bruder Peter habe ihn aufgenommen und aufs Stroh gebettet. Vom Kloster hörst du den Gesang, doch die Mauern der Herberge sind dick und mit Blicken nicht zu durchdringen, dahinter liegt der Kranke, und du hoffst, Hanna, nicht das Übel, von dem alle reden, habe ihn befallen, sondern ein gewöhnliches Fieber. Mathis hat gesagt, ganze Landstriche und Städte gebe es, die das Übel verwüstet habe, leere Häuser, das Korn verfaule, die Tiere irrten herum.

Als sie sich zum Gehen wendet, kommen drei Pilger den Klosterweg herauf, zu Fuß, es sind keine Herren, sie tragen verdreckte Überwürfe und haben ihre Reisebündel geschultert, einer geht hinter dem andern, schweigend durchqueren sie das Dorf, ihre langen, dünnen Morgenschatten wandern vor ihnen her.

Sam Ssenyonja besaß einen Hektar Land, er wohnte in einem Steinhaus, er wurde fünfunddreißig Jahre alt, er starb im August letzten Jahres, in der Zimmerhöhle neben dem Vordereingang

Die Schafe tränkst du gerne, Hanna, wie dicht fühlt sich die Winterwolle an; deine Füße sinken ein im Morast, bei einer Pfütze brechen sie durch dünnes Eis. Leere Häuser, verfaulendes Korn. Und dieser Traum, der sich Nacht für Nacht wiederholt, der Traum von den Masken und von der Nadel. Der Rabe krächzt, zerrt an der Kette. Lass ihn frei, hat Mathis gesagt; aber solange er seinen lahmen Flügel hat, bleibt er angekettet, er schützt das Haus vor Dieben. Der Kornsack für die Hühner ist fast leer, zwei, drei Handvoll klaubt Hanna heraus, um sie ihnen hinzustreuen. Geht, geht und scharrt, der Boden ist nicht mehr gefroren.

Drinnen kauert Hedwig vor dem Herd, die Decke um sich gewickelt. Hanna legt ein paar Äste nach, gießt Wasser in den Kessel, hängt ihn an den Haken über dem Feuer. Das Summen des Wassers magst du auch, Hanna, du siehst zu, wie der Haferbrei dick wird beim Rühren und die Kelle Furchen zieht, die sich gleich wieder glätten.

Du bist lange weggeblieben, Hanna.

Ich habe wieder geträumt, Großmutter. Ich liege da, und die Männer stehen um mich herum, ihre Gesichter sind verhüllt bis zu den Augen.

Bist du nackt? Berühren sie dich?

Ich weiß es nicht.

Wie viele Männer waren es?

Ich weiß es nicht.

Achte darauf beim nächsten Mal.

Der Name: Sam Ssenyonja; er hatte ein Steinhaus in der Kleinstadt Kyotera

Am Abend kam Mathis zu ihnen herauf. Er brachte unter der Kutte einen Krug Milch mit; niemand im

Kloster durfte es wissen, Speistag für die Bedürftigen war der Donnerstag, da gehörte denen, die vor dem Portal standen, die ganze Schüssel; nur den Rahm hatte der Kämmerer für die sieben Mönche abgeschöpft.

Zwei Knechte für sieben Mönche, darüber schüttelte Hedwig den Kopf: Und du, Mathis, willst einer von ihnen werden? Mathis lernte Latein, lesen und schreiben, im Frühjahr sollte er wie alle, die dem Orden beitraten, fürs Noviziat nach Cluny reisen, wo die größte Kirche der Christenheit stand, unvorstellbar der Säulenwald, der Lichterglanz, das Knie beugt sich von selbst; in Cluny gab es mehr Mönche als Schafe im Dorf.

Von Cluny sprachen sie heute nicht. Sie saßen nahe am Feuer auf ihren Schemeln, und Hanna fragte nach dem Kranken.

Er ist tot, sagte Mathis nach einer Pause, wir haben ihn schon begraben.

Begraben, sagte Hedwig mit plötzlicher Schärfe. Verscharrt wohl, wenn ihr's so eilig hattet. Wo liegt er?

Das darf ich nicht sagen.

Hast du gesehen, wie er starb?

Mathis schüttelte den Kopf; der Kranke sei Tuchhändler gewesen, aus der Reichsstadt Köln gekommen, mehr wisse er nicht.

Hatte er Krämpfe, bevor er starb?, fragte Hedwig. Hatte er Beulen in den Achselhöhlen?

Ich weiß es nicht. Blut soll er gebrochen haben, Blut und Galle, aber sie haben mich nicht zu ihm gelassen. Die Nacht im Stall, das Schreien nebenan, die Mette mit den Mönchen; die ganze Nacht hatten sie gebetet für den Kranken. Mathis kniete neben Hedwigs Schemel, versteckte mit einem Schluchzen, das fast unhörbar blieb, sein Gesicht an ihrer Schulter, vertraut roch's da, nach Kräutern und Rauch, ihre Schatten an der Wand wuchsen zusammen.

Wer weiß, sagte sie, vielleicht irren wir uns.

Nein, es kann nicht das Übel sein, der Wind trägt das Übel aus giftigen Sümpfen herbei, das sagen alle Gelehrten, aber wie wollen wir uns wehren gegen den Wind? Mathis rückte ein wenig von ihr ab. Was ich erzählt habe, dürft ihr nicht weitersagen, der Bruder Prior hat's verboten. Er gürtete seine Kutte; wortlos, ohne Licht ging er zur Tür und verschwand in der Nacht.

Die Nacht, die große Nacht, da versammeln sich die Geister der Verirrten bei den drei Eichen, von denen ich manchmal träume, es ist ein Brausen in der Luft, die Wolken fliegen über die Wipfel, im Wald liebe ich das Feuer.

Und Sam Ssenyonja wurde fünfunddreißig Jahre alt, er starb im August, in der Zimmerhöhle neben dem Vordereingang, halb verhungert und qualvoll, auf einer Bastmatte unter dem Bild von Papst Paul dem Sechsten

Die Nacht war finster draußen, das Feuer brannte.

Du bist zu jung für das, was kommen wird, sagte Hedwig, ihr alle seid zu jung. Geht weg von hier, solange noch Zeit ist. Geht gegen Sonnenaufgang. Meidet die Städte.

Wir schulden dem Kloster Zins, Großmutter, wir können nicht weg.

Was gelten jetzt noch Gesetze? Hedwig verstummte; sie hatte sich auf dem Laubsack ausgestreckt, die Decke über sich gezogen. Der Glutschein an der Wand, Schattengehusch wie von fremden Wesen. Draußen schnarrte der Rabe. Lauf nicht in den Wald, Mathis, komm zu mir, wir wollen wieder Kinder sein, wir wollen uns wieder hinter den Garben verstecken. Immer noch der Geschmack der Milch auf der Zunge, die Milch verdirbt rasch, Mathis, sie löscht den Durst nicht. Mit beiden Händen schöpfte Hanna Wasser aus dem Krug, ließ es sich übers Gesicht rinnen, die Haut brannte vor Angst.

Sie trat vors Haus, strich dem Raben übers

Gefieder; sein blauschwarzes Schimmern im Mondlicht, das Rumoren der Schafe, leise Stimmen aus den Häusern, das Flackern der niederbrennenden Feuer. Drüben auf der andern Talseite der schwarze Hügel, die Linie, die den Wald vom Himmel trennt. Jetzt fror Hanna wieder, aber sie drückte die Fersen in die nachgiebige Erde und blieb stehen, wo sie war. Ein leichter Wind von Westen her bewegte ihr Haar, verkroch sich in den Falten ihres Rocks. Was war es, was da näherkam, was Menschen verschlang und ganze Städte?

Und Sam Ssenyonja aus der Kleinstadt Kyotera, für den seine Mutter Sarg und Priester bestellte

Die Kälte trieb Hanna zurück ins Haus. Als sie kleiner war, hatte sie geglaubt, die Großmutter schlafe nie, bleibe wach bis zur Morgendämmerung, um sie vor allen Gefahren zu behüten. Wann immer Hanna aufschreckte aus einem bösen Traum und nach ihr rief, bekam sie eine Antwort: Ich bin da, schlaf weiter. Auch diesmal war Hedwig wach; einen leichten Schlaf haben wir Alten, leg dich hin, Hanna, im Schlaf kannst du vergessen.

Wieder die Männer. Sind es Totenhemden, die sie tragen? Sie haben die Gesichter verhüllt, die Augen blicken kühl, ohne Mitleid, die Männer heben

Hanna, die sich nicht rühren kann, auf einen Schragen, gleißend das Licht über ihrem Kopf. Hanna schreit auf, das Haus dreht sich um sie. Ich bin da, hört sie die Großmutter sagen, schlaf weiter.

Sam Ssenyonja starb auf seiner Bastmatte unter dem Bild von Papst Paul dem Sechsten, zwei Tage nachdem seine letzte Medizin verbraucht war, eine halbe Aspirintablette

Von Tag zu Tag wurde es wärmer. Die Männer pflügten die Felder; hinter den Gespannen her gingen die Mädchen und lasen die Steine auf, die mit den umgebrochenen Schollen ans Tageslicht kamen. Zu zweit trugen sie den Kratten, der sich allmählich füllte, und wenn sie ihn kaum noch zu heben vermochten, schleppten sie ihn an den Rand des Feldes und leerten ihn aus, so dass dort ein Berg aus Steinen, vom vorigen und von diesem Jahr, emporwuchs. Wie ein ungehobener Schatz lagen die Steine in den Furchen, mit rosaroter und grünlicher Bruchstelle, mit glitzernden Adern.

Scharf hob sich das Kloster vom gegenüberliegenden Hang ab, halb eingestürzt das Kirchendach, geknickte Sparren; der letzte Überfall lag noch nicht lange zurück.

Der Aufseher stand mit gespreizten Beinen neben dem Steinhaufen und starrte die Mädchen an. Die Männer lenkten das Gespann schweigend an ihm vorbei; wenn er sie anredete, antworteten sie einsilbig und mürrisch. Nur widerstrebend hatten sie am Morgen die Pferde aus dem Klosterstall geholt. Zwei Mönche, hieß es, lägen krank in ihren Zellen, die Kleider des Toten habe man ins Feuer geworfen, im Hof rieche es nach verbranntem Wacholder. Die Frauen brachten das Vesper in gedeckten Körben, Brot und Käse, mit Wasser verdünnten Klosterwein. Kauend saßen die Männer am Ackerrand, die Mädchen und Frauen ein paar Armlängen von ihnen entfernt. Den Aufseher lud niemand zum Essen ein; scheinbar gelassen schlenderte er zu seinem Pferd und ritt davon. Eine Pilgergruppe kam den Hohlweg herauf, sie trieb einen beladenen Esel vor sich her und hielt bei der Abzweigung, wo die Weiden standen, aufs Kloster zu. Die Männer begannen erregt aufeinander einzureden, ein paar Frauen, die am Bach wuschen, machten kehrt und flohen in ihre Häuser. Als die Pilger sich auf Rufweite genähert hatten, ging ihnen Burkart, Hannas Nachbar, entgegen; zaudernd folgten ihm die andern.

Verschwindet, wir wollen euch hier nicht haben!

Die Pilger blieben stehen und berieten sich. Einer von ihnen, vermutlich der Älteste, trat vor und rief, sie seien die halbe Nacht unterwegs gewesen, auch in Freiburg habe man sie nicht eingelassen, man solle ihnen um der Liebe Christi willen Herberge geben, er schwöre, von ihnen sei keiner krank.

Kehrt um, wiederholte der Nachbar, nehmt den Talweg, hier kommt ihr nicht durch. Er legte die Hand an den Griff der kleinen Axt, die in seinem Gürtel steckte.

In der äußern Mauer, die das Kloster umgab, öffnete sich die Pforte; einer der Brüder trat über die Schwelle. Würde er, wie sonst, den Pilgern entgegengehen und sie willkommen heißen? Teilt wenigstens das Brot mit ihnen, rief er den Männern zu. Die Mädchen sahen einander an. Hanna stand auf; doch keine half ihr, als sie die angebrochenen Brote in den Korb zurücklegte. Sie trug den Korb übers Gras, an den Männern vorbei, und trug ihn weiter bis zum Weg hinunter, wo sie ihn stumm vor den Alten hinstellte, der die Brote sogleich an sich nahm. Einer der Pilger streckte Hanna getrocknete Wurzeln entgegen, die aussahen wie verdorrte Finger, und der, der neben ihm stand, brach in ein spöttisches Gelächter aus. Hanna ließ den Korb stehen und lief, ohne sich umzusehen, zurück; was sie so beschämte, wusste sie nicht.

Jetzt geht in Frieden, sagte Burkart.

Die Pilger bewegten mit ein paar Stockhieben

den Esel zur Umkehr, bedächtig folgten sie ihm nach, in einer lockern Kolonne. Doch plötzlich brach der, der vorhin gelacht hatte, aus der Reihe aus, tanzte ins Gras hinein und ahmte, dem Dorf zugewandt, mit beiden Armen den Schwung einer Sense nach. Ihr Narren, rief er, ihr Narren! Er ging, vorgebeugt und immer mit der sausenden und weit ausholenden Bewegung der Arme, auf die Männer zu. Einer von ihnen schleuderte den Stein nach ihm, den er schon lange umklammert hielt. Doch erst als auch die andern ihn mit Erdknollen bewarfen, machte er kehrt und setzte dem Pilgerzug im Tanzschritt nach.

Und Josephine (achtundsechzig) sah ihren Sohn Sam Ssenyonja (fünfunddreißig) sterben

Die Männer schauten zur Pforte hinüber, doch die Gestalt in der schwarzen Kutte war verschwunden, als ob das Kloster sie verschluckt hätte.

Josephine sah ihren Sohn sterben, sie stieg den Hügel zur Kleinstadt Kyotera empor, bestellte Sarg und Priester und begann das Grab auszuschaufeln

Die Tage vergingen, Mathis kam nicht mehr zu ihnen herauf. Hanna hackte Feuerholz, molk das Schaf, sie spann, buk Brot im Ofenhaus; sie schnitt Weidenzweige und legte sie in Wasser ein, sie sammelte jungen Löwenzahn, und immer dachte sie an Mathis. Er sei wohl auch krank, sagten die Mädchen am Brunnen, nein, er gerade nicht, sie sprachen aneinander vorbei, damit sie der Atem der andern nicht streifte, und sie vermieden es, sich zu berühren. Was soll ich tun?, fragte Hanna die Großmutter. Hedwig starrte ins Feuer; schon seit Tagen rührte sie die Spindel nicht mehr an, kaum noch setzte sie die Füße vors Haus, nicht einmal bis zu den beiden Lämmern mochte sie gehen. Geh zu den Schwarzröcken, hol ihn heraus. Und dann flieht in den Wald.

Aber an der Pforte lässt man mich nicht ein.

Geh in die Kirche zur Betzeit, dort darfst du hin, du bist getauft. Wenn die Krankheit im Kloster ist, musst du Mathis sagen, dass ihm nur der richtige Abstand hilft, siebenmal siebenundsiebzig Schritte.

Und wenn er nicht mitkommen will?

Dann ist er ein Dummkopf! Sag ihm, wir brauchen die Milch. Nein, sag ihm, dass seine Großmutter immer noch mehr über Krankheiten weiß als die Mönche.

Die Namen: Josephine und Sam; das Grab, das die Mutter für den Sohn ausschaufelt, liegt zwanzig Meter vom Haus entfernt

In der Dämmerung gehst du zum Kloster, Hanna, ein dunkles Tuch über den Kopf gezogen. Rasch, rasch, an den Häusern vorbei, du wirst zum Schatten, das ist gut. Die Biegung, wo sich der Weg abkürzen lässt durchs Gras. Halme streifen und stechen die Waden, dann die Gruppe der Weiden, die Haselbüsche, du hörst den Warnruf des Zaunkönigs, außer Atem stehst du vor dem Kirchenportal, Hanna, dein ängstlicher Blick gleitet über das Jüngste Gericht im steinernen Bogen, aber die Figuren verschmelzen zu einem Schattenfeld, in dem du nur noch den Weltenrichter erkennst, ein erlöschender Glanz auf dem Gesicht.

Das Grab, das Josephine ausschaufelt, liegt zwanzig Meter vom Haus entfernt, mitten in den Bananenstauden, ein Holzkreuz steckt auf dem Hügel

Die Kirche ein Steinleib mit leuchtenden Augen. Über die Schwelle treten, die Finger ins Weihwasser tauchen; gegrüßt seist du, Maria, gegrüßt seid ihr, Peter und Paul, gegrüßt seist du, Herr Jesu

Christ. Kerzen brannten am Altar, beleuchteten das Bild der Muttergottes, deren Miene sich im unsteten Flackern aufhellte und wieder verdüsterte. Lichtkreise tanzten über die Fliesen, wanderten hinauf zu den Fenstern; durchs Dachskelett funkelten Sterne. Auf ihren Schemeln knieten drei Frauen; vorne beim Altar stand Bruder Peter im Messgewand, neben ihm einer der ältern Brüder. Mathis hielt das Messgeschirr in beiden Händen, die andern Mönche fehlten. Wie dünn sind deine Handgelenke, Mathis. Sonst versammelten sich um diese Stunde die meisten Gläubigen aus dem Dorf, kehrten dann gemeinsam zurück in die Häuser. Das Glöcklein kündigte die Wandlung an. Hanna aß nicht vom Leib des Herrn, sie schob sich ungesehen der Wand entlang zur Nebenpforte, durch die man ins Kloster gelangte.

Dort wartete sie auf Mathis, und als er kam, trat sie ihm in den Weg. Er erschrak, blieb erst stumm, dann sagte er leise: Lass mich hier, es ist besser für euch.

Hanna schüttelte den Kopf. Die Großmutter weiß, was dir nützt. Komm heim.

Schon drei sind krank, sagte Mathis und zog Hanna zu sich heran, damit er in ihr Ohr sprechen konnte. Sie fiebern, der Prior liegt im Sterben, er hat die Beulen unter den Achseln, von denen die

Leute erzählen. Er schob Hanna von sich weg. Du sollst mir

Josephine, die ihren Sohn neben den Gräbern ihrer vier Schwiegertöchter beerdigte

nicht zu nahe kommen, hörst du, vielleicht bin ich schon vergiftet.

Komm mit mir, bat Hanna, die Großmutter will, dass wir uns im Wald verstecken.

Lautlos war Bruder Peter aus der Sakristei zu ihnen getreten, von hinten legte er die Hand auf Hannas Schulter. Sie fuhr herum, versuchte zu lächeln, als sie den Mönch erkannte. Er erwiderte das Lächeln nicht. Geh heim, wir brauchen Mathis hier. Gott allein kann uns schützen. Sein Gesicht war eingefallen; in den Augen spiegelte sich der Kerzenschein.

Gebt den Kranken Fenchelsamen, sagte Hanna, und dürre Pflaumen, aber ohne Steine. Das habe ich von der Großmutter gelernt.

Es gibt kein Mittel gegen diese Krankheit, sagte Bruder Peter. Gott hat sie geschickt, um uns zu züchtigen.

Will Gott denn, dass wir nichts dagegen tun?, fragte Hanna.

Ich tue, was ich kann und wozu mir in einem

Brief ein heilkundiger Bruder aus Peterlingen rät, wo das Übel schon seit Wochen wütet. Ich habe eine Arznei gemischt aus Aloe, Myrrhe und Safran, ich habe den Bruder Prior zur Ader gelassen und ihn geschröpft, und trotzdem gewinnt die Krankheit von Stunde zu Stunde an Boden. Ein Schauder überlief ihn, Mathis musste ihn stützen.

Die Abendkälte, sagte Bruder Peter, es ist die Abendkälte.

Die Pforte schloss sich hinter ihnen, kein Wort des Abschieds von Mathis. Vor dem Altar waren die Kerzen fast niedergebrannt, zwei oder drei schon erloschen. Sie vergeuden Kerzen aus Bienenwachs. Und wir? Wir begnügen uns mit Lichtern aus Unschlitt, die schlecht brennen und schlecht riechen. Hanna war allein in der Kirche, eine hallende Stille ringsum, die Kapitelle an den Pfeilern verwandelten sich in Fratzen. Zähle laut die Schritte bis ins Freie, verneige dich dreifach vor dem Heiland, dann geschieht dir nichts.

Die Nacht, die Geister. Lauf durch die Nacht, durch die Kälte, Hanna, deine Füße finden den Weg von selbst, ein Klagen, ein Wimmern in der Luft, Berührungen wie von Spinnfäden auf dem Gesicht, Mäuse oder Ratten huschen vorbei, tot lag eine am Weg, als es noch hell war. Weit oben der Sichelmond, den die Wolken freigeben und wieder verhüllen. In den Häusern haben sie sich eingeschlossen, du allein bist noch unterwegs, wärst du endlich zu Hause.

Sams Grab liegt zwanzig Meter vom Haus entfernt, und hinter ihm wölben sich vier weitere Erdhügel, unter denen Sams Frau und seine drei Schwägerinnen liegen

Die Nachbarn mieden einander, man schloss sich ein, die Arbeit blieb liegen, nicht einmal der Klostervogt ließ sich blicken. Aber es war vergeblich, die Krankheit flog von Haus zu Haus, das Sterben begann. Auch Schafe fielen um im Pferch, Kühe legten sich mit aufgedunsenem Bauch auf die Seite, die Hunde balgten sich um die Kadaver, Aasgeruch hing über dem Dorf, die Wacholderfeuer, die überall brannten, vertrieben ihn nicht.

Wie die Gerüchte sich dennoch verbreiteten, wusste niemand genau; hastige Begegnungen in der Dämmerung, ein Deuten hierhin oder dorthin, einzelne Namen und Wörter genügten, um eine Nachricht weiterzugeben und die Angst zu schüren. Auf das Kloster war nicht mehr Verlass, keiner, der den Sterbenden die letzte Ölung brachte. Der Gesang hinter der Mauer war verstummt, nur die Glocke läutete manchmal noch. Irgendwer hatte nachts neben dem Kirchhof eine Grube ausgehoben, dort hinein wurden die Toten gelegt, mit ungelöschtem Kalk bedeckt; die Angehörigen brachten sie hin, ohne Geleit. Mehr als ein Dutzend Leichen in wenigen Tagen, darunter der Prior und zwei weitere Mönche.

Tagsüber war der Himmel von tiefem Blau, der Löwenzahn blühte, in den Gärten sprossen Mangold und Rettich.

Und das Kreuz, das der Reporter fotografiert

Zu früh wächst das, viel zu früh, sagte Hedwig, die unter der Tür zum Wald hinüberblickte, zum jungen Grün der Buchen. Die Welt gerät aus den Fugen. Dennoch setzte sie sich auf den Holzstapel neben der Tür und wandte ihr Gesicht mit geschlossenen Augen der Sonne zu. Die Wärme durchdrang sie, auch die Lehmwand im Rücken war warm. Halb träumend, halb wachend kehrte sie in ihre Kindheit zurück: wie sie sich das erste Mal vollaß mit Erdbeeren, wie der Habicht die Küken angriff und sie schreiend ins Haus rannte, zur Mutter, die wortlos den Schürhaken packte, wie der Herr von Rümligen mit seinem Gefolge übers Feld ritt, und sie zu sich aufs Pferd hob, auf die samtene Decke. Erst als der Schatten vom Dachvorsprung auf ihr

Gesicht fiel, schreckte sie auf und ging, zum ersten Mal seit Tagen, zu den grasenden Schafen und trieb sie in den Pferch zurück.

Neben Sam liegt seine Frau begraben, sie starb drei Wochen vor ihm; ihr Lachen hätte uns vielleicht gefallen

Beim Eindunkeln schlüpfte Agathe zu ihnen ins Haus. Mein Vater ist tot, sagte sie, die Mutter wird auch sterben, ich weiß es. Sie setzte sich ans Feuer, umschlang mit den Händen die Knie und wiegte hin und her. Die Brüder haben ihn begraben, dann sind sie geflohen. – Iss vom Brei, sagte Hedwig. Solange wir noch Hafer und Gerste haben, brauchst du nicht zu hungern. Und wenn das aufgebraucht ist, haben wir noch drei Säcke voll Nüsse.

Dein Vater war ein guter Mensch, sagte Hanna. Aber er hat das Sakrament nicht empfangen, bevor er starb. Da hat der Teufel vielleicht seine Seele gestohlen.

Glaub das nicht, sagte Hedwig.

Die Mönche sagen, du seist eine Ketzerin.

Meinetwegen. Fromm zu sein, rettet niemanden vorm Tod.

Agathe aß vom Brei, trank aus dem Krug, den Hanna ihr reichte. Vielleicht ist es das Ende der

Welt, sagte sie. Und mit veränderter Stimme, als ob die alte Schwatzhaftigkeit in ihr aufflackere, fuhr sie fort, in Bern lägen die Toten auf den Straßen, das hätten ihre Brüder berichtet, sie seien beim Holzschlagen einer Gruppe von Flüchtlingen begegnet, die sich eine Hütte im Forst baute; vielleicht seien die Brüder bei ihnen, vielleicht seien sie weitergegangen bis nach Basel oder bis ans Meer. Agathe rutschte näher ans Feuer, senkte die Stimme. Wisst ihr, was sie sagen in der Stadt? Die Juden seien schuld, sie hätten die Brunnen vergiftet.

Und bei uns?, sagte Hedwig spöttisch. Gibt es in unserm Dorf einen einzigen Juden?

Einer ist vorbeigekommen nach Lichtmess, sagte Agathe, mit Seidentüchern und Kämmen, er war alt und hatte Schläfenlocken, und er hat nach der Krankheit gerochen.

Du bist zu leichtgläubig, sagte Hedwig.

Agathe ging zur Tür. Was soll ich denn glauben? Es wird so viel geredet. Ich gehe jetzt, ich will euch nicht den Tod ins Haus bringen. Lebt wohl.

Komm wieder, rief Hanna ihr nach und erschrak über ihre eigene Stimme. Sie setzte sich an den Spinnrocken, begann die Spindel zu drehen, den Faden aus dem Flachs herauszuziehen, damit ihre Finger etwas zu tun hatten, damit ihre Gedanken dem Faden folgen konnten.

Sams Frau, die vielleicht Elizabeth hieß, starb drei Wochen vor ihm, und wir haben nie gesehen, wie sie die Hirse im Mörser zerstieß, wie sie ihre Kinder, die jetzt bei Josephine sind, in die Arme nahm

Im Traum jagten die Männer sie durch ein Haus mit langen Gängen. Alles war weiß darin, von blendendem Weiß. Unter ihrem Rock sickerte Blut hervor, sie schämte sich darüber, obgleich sie um ihr Leben lief. Auf Bänken in den Gängen saßen Mädchen und Burschen, die einander umschlungen hielten. Die Männer packten Hanna und schnallten sie in einem Raum, der voller Geräte war, auf einen Tisch. Die verhüllten Gesichter über ihr, die kühlen Blicke. Für einen Augenblick verharrte die Nadelspitze einen Finger breit über Hannas Herz. Mathis!, schrie Hanna und erwachte vom Klang der eigenen Stimme. Ich bin da, sagte drüben an der andern Wand die Großmutter. Was hast du denn?

Hanna nahm ihre Decke und legte sich im Dunkeln neben die Großmutter.

Du zitterst ja, Kind.

Hanna ließ sich den Rücken streicheln, die Wangen; Hedwigs rauhe Fingerkuppen taten ihr wohl. Lieber Gott, dachte sie, ich gebe dir mein Liebstes, wenn du uns verschonst.

Und hinter dem Grab seiner Frau, die drei Wochen vor ihm starb, hat Sam seine Schwägerinnen beerdigt, die er, wie es Sitte ist, nach dem Tod seiner drei Brüder bei sich aufnahm, bevor auch Sams Frau starb, bevor Sam selber starb, für den Josephine das Grab ausschaufelte

Am frühen Morgen belud Burkart, der Nachbar, den Leiterwagen, der dem Kloster gehörte, und niemand hinderte ihn daran. Er und die Seinen türmten Truhen, Fässer, Körbe aufeinander, bis der Wagen schwankte, dann holte Burkart einen magern Ochsen, legte ihm das Joch über den Nacken und spannte ihn vor den Wagen. Er wolle fort, sagte er denen, die aus sicherm Abstand fragten; ein Kind sei ihm gestern gestorben, ob das nicht reiche? Vier gesunde Kinder, eins immer einen halben Kopf größer als das andere, standen weinend beim Wagen; die Mutter trug ein krankes auf den Armen. Burkart nahm es ihr ab und legte es auf ein Kleiderbündel, wo es zitternd, mit geschlossenen Augen liegenblieb.

Du kommst vor Gericht, wenn du ohne Erlaubnis fortziehst, sagte einer; am Ende wirst du am Galgen baumeln.

Wo ist das Gericht?, entgegnete Burkart. Zeig es mir! Erklär mir die Gesetze, die noch gelten. Er schwang seine Sense über die Schulter und trieb den Ochsen an. Mit knarrenden Achsen setzte sich der Wagen in Bewegung, verschwand talwärts, zwischen den Bäumen, die zur Unzeit blühten, schimmernde Kuppeln im Sonnenlicht.

Sie lassen den alten Werner zurück, sagte Hedwig. Zu Werner war Hanna manchmal gelaufen, wenn sie die Großmutter im Haus nicht gefunden hatte. Er hinkte; schon lange ging er nicht mehr aufs Feld, flocht Körbe, flickte Zäune, bündelte das Reisig; sein Gesicht war von Warzen bedeckt, große Hände hatte er, mit denen er Hanna packte, um sie hin- und herzuschwingen. Einmal hatte er ihr einen Käfer mit kleinem Geweih gezeigt und ihn über seinen behaarten Unterarm krabbeln lassen.

Vielleicht ist er schon krank, sagte Hedwig und stützte sich leicht auf Hannas Schulter; von weitem verfolgten sie, wie die andern, den Wegzug.

Am Abend, wenn's niemand sieht, schaue ich nach, sagte Hedwig. Wer so alt ist wie er und ich, fängt kein neues Leben mehr an, da stirbt's sich leichter dort, wo man geboren ist.

Sie hätten ihn mitnehmen sollen, sagte Hanna. Der Rabe war von der Stange geflattert und hüpfte unruhig im Gras herum; mit schiefgeneigtem Kopf näherte er sich Hanna, aber die Kette straffte sich und hielt ihn zurück.

Das Alter ist in solchen Zeiten eine Last, sagte Hedwig.

Hanna bückte sich und kraulte dem Raben den Kopf. Ich gehe nur mit Mathis weg, und du kommst mit, Großmutter.

Sie kehrten ins Haus zurück. Hanna fütterte den Raben mit den kleinen Schnecken, die sie im Garten aufgelesen hatte; eine mit gebändertem Haus hatte sie zertreten, das bedeutete nichts Gutes. Der Tag war lang, schon beinahe heiß. Hanna hackte und jätete zwei Beete, setzte ein paar Reihen Bohnen, obgleich es zu früh dafür war; sie sah, dass die Frauen in andern Gärten dasselbe taten, ungeachtet der Kranken im Haus; scheu winkten sie einander zu. Hanna schwitzte und hatte das Summen der Bienen im Ohr; aufs Läuten der Klosterglocke horchte sie vergeblich, aber Mathis war noch dort, das wusste sie, ein Krug mit Kuhmilch hatte frühmorgens vor der Tür gestanden. Du wagst es nicht einmal mehr, bei uns einzutreten. Der Tod kommt durch die Luft, das hast du selber gesagt, nicht durch dich, Bruder, und trifft es dich, so trifft es mich, wir sind von einem Fleisch.

Josephine sah Sam und seine drei Brüder sterben, sie sah Sams Frau und ihre drei Schwägerinnen sterben, alle zwischen zwanzig und dreißig Jahre alt, und der Reporter, den der Taxichauffeur Odomalo Byaruhanga zu ihr fährt, braucht nicht zu fragen, weshalb sie gestorben sind, die Antwort kennen alle in der Gegend um die Kleinstadt Kyotera, die im Südwesten Ugandas liegt

Am Abend schlich Hanna, mit einer Kürbisflasche, die Hedwigs Trank enthielt, hinüber zu Burkarts Haus. Tür und Fenster waren mit Brettern vernagelt; hoffte Burkart doch, eines Tages zurückzukehren? Sie glaubte, von drinnen Geräusche zu vernehmen, ein Ächzen, ein Hüsteln, das Rascheln des Laubsacks.

Werner, flüsterte sie an einem der Fenster, sag, ob du da bist; da hörte sie nichts mehr, aber weiter drüben öffnete sich die Tür, zwei Männer, im Schein einer Fackel, trugen jemanden heraus, legten ihn in den Handkarren, zogen ihn schweigend vom Haus weg; das Weinen, das durch die Tür drang, schien sie anzutreiben. Wer gestorben war, wusste Hanna nicht, ein Kind wohl, bei Tageslicht hätte sie's erkannt. Das Dorf zählte kaum mehr als zweihundert Seelen. Wie viele werden überleben, Mathis? Sag nicht, das stehe bei Gott, sag, was du denkst, sag, was du befürchtest.

Der fährt zum Tischler, um einen Sarg zu holen, sagt der Taxichauffeur Odomalo Byaruhanga zum Reporter, den er zum Haus von Sam Ssenyonja fährt, und deutet auf einen entgegenkommenden Toyota-Kombi, der nach links unter die Bananenstauden ausweicht. Odomalos Bruder liegt seit einer Woche im Krankenhaus, seine Schwester wird drei Tage später im Bretterverschlag eines Slumviertels der Hauptstadt Kampala sterben, und der Reporter braucht nicht zu fragen, weshalb sie sterben, die Antwort kennen alle in der Gegend um Kyotera

Am nächsten Tag verließen zwei weitere Familien das Dorf. Niemand hielt sie zurück; der Vogt und seine Aufseher hatten sich nicht mehr gezeigt, seit die Seuche ausgebrochen war.

Agathe kam nicht wieder, auch nicht verstohlen in der Dämmerung, doch Hanna hatte keine Zeit, sich um sie zu sorgen, denn am Tag nach Burkarts Wegzug klagte Hedwig über Gliederschmerzen und Kopfweh, sie legte sich hin, und Hanna sah, dass sie fieberte. Den Trank, den sie ihr einflößte, spie sie aus, nichts mehr behielt sie bei sich, ihre Haut fühlte sich so heiß an, als wolle der Körper, den sie umgab, verdorren.

Großmutter, es ist ein Fieber, das vorübergeht.

Hedwig tastete nach Hannas Hand und hielt sie fest. Geht fort, lasst mich hier, ich brauche keine Pflege.

Hanna schüttelte den Kopf, sie strich mit dem Zeigefinger über Hedwigs Handrücken, fuhr den Adern entlang, Knotenhände, die Finger von der Arbeit verkrümmt, und plötzlich vergrub sie das Gesicht an Hedwigs Brust, um ihr Weinen zu ersticken, da roch's nach Rauch und Asche, nach geschmorten Äpfeln, ein Kindertrost.

Großmutter, sag, was dich auf die Beine bringt, du weißt doch so viel.

Geht zu den drei Eichen, zum Stein, dort seid ihr geschützt. Vergrab beim Stein, was dir am liebsten ist, vergrab es und sprich dazu die heiligen Worte. Tu's für dich, nicht für mich.

Das kann ich nicht, ich fürchte mich zu sehr.

Hedwig atmete rasselnd ein und aus. Ich will dich den Spruch lehren, heute noch.

Es sind keine gesegneten Worte, Mathis sagt, sie kommen vom Teufel.

Nein, sie bannen das Böse... Hedwigs Stimme erstarb, sie begann wieder am ganzen Leib zu zittern.

Hanna breitete die zweite Decke über sie, ihre eigene, mehr besaßen sie nicht, doch die Großmutter fror immer noch. Hanna fachte das Feuer an, legte Buchenäste nach, die am meisten Hitze abgaben, dabei war's draußen warm; sie warf getrockneten Thymian in die Glut, sie sprengte Rosenwasser, das vom letzten Jahr übriggeblieben war, über Boden und Wände. Hilf, heiliger Sebastian, hilf, Maria, du bist die Reinste der Reinen.

Der Reporter, von Josephine begleitet, sieht sich die Gräber der Ssenyonjas an. Auf denen von Sam und von seiner Frau steht ein Kreuz

Hanna wachte neben der Kranken, bis es dämmerte; dann zündete sie am Kopfende ein Öllicht an. Sie holte den Raben herein und redete leise zu ihm. Hedwig begann zu husten in langen würgenden Stößen, jeder Anfall krümmte sie stärker zusammen; einmal rann Blut aus Nase und Mund; Hanna wischte es weg mit einem saubern Tuch, rieb Hedwigs Gesicht und Schultern mit Kamillenöl ein. Als Hedwig sich beruhigt hatte, stieg das Fieber, sie klagte über Durst, endlich trank sie ein wenig Wasser, behielt es sogar bei sich. Der auf- und niedersteigende Kehlkopf beim Schlucken, der faltige Hals mit den Schattentälern, die der Glutschein erzeugte; auch deine Haut war einmal glatt, Großmutter.

Friedlich lag sie da, wie aus weichem Stein gemeißelt, doch wenig später wand sie sich erneut in Krämpfen, erbrach Schleim mit Fäden von Blut. Hanna stützte sie am Rücken, das Erbrochene lief über ihre Hände. Sorgsam wusch sie Hedwigs Gesicht, das sich nach der Anstrengung entspannte. Der Rabe schlief beim Feuer, den Kopf im Gefieder versteckt, auch Hanna nickte einmal ein; das Stöhnen der Kranken weckte sie auf, draußen war graues Licht, das Feuer beinahe erloschen. Hanna schlug Großmutters Decken zurück, tastete den heißen Körper nach den Beulen ab, die der Mönch beschrieben hatte; sie fand keine, vielleicht würde das Fieber verfliegen, wie andere Male. Sie schöpfte mit den Händen Wasser aus dem Waschkrug und netzte ihr Gesicht; endlich dachte sie wieder an Mathis. Draußen blökten die Schafe, ein Hahn krähte in der Nähe. Füll den Magen, Hanna, sonst wirst du zu schwach. Sie aß Linsen vom Vortag, ein Stück hartes Brot. Tränen verschleierten ihren Blick, das Brot entglitt ihrer Hand, fiel auf den Boden; der Rabe, ein Schatten im Dämmerlicht, hüpfte herbei und pickte daran herum; weinend schaute sie ihm zu.

Take your dying elsewhere

Hedwig bewegte sich auf dem Laubsack. Komm her, sagte sie mit klarer Stimme. Hanna kauerte neben Hedwig nieder. Siehst du, Großmutter, die Nacht ist vorbei, es geht dir besser. Hedwig schüttelte den Kopf. Hol Mathis, sagte sie, es ist Zeit, ich will ihn noch einmal sehen. Und wenn ihr mich begraben habt, dann flieht, flieht in den Wald. Sie erschauerte, ein leiser Jammerton kam über ihre Lippen. Hol Mathis, wiederholte sie mit äußerster Anstrengung.

Hanna nickte. Sie streifte den Rock über ihr Hemd, kämmte ihr Haar mit dem Kamm, den Mathis ihr geschenkt hatte. Bevor sie ging, flößte sie Hedwig etwas Wasser ein, trank selber einen Rest sauer gewordener Schafmilch. Heiliger Sebastian, hilf. Maria, hilf.

Um die Gräber der Ssenyonjas, erfährt der Reporter, kümmert sich Josephine, die zu alt ist, um angesteckt zu werden, sie kümmert sich auch um ihre achtzehn Enkelkinder aus den Familien ihrer Söhne, die an der Seuche starben, nachdem sie sich vermutlich bei CSW *(commercial sex workers) angesteckt hatten*

Sie lief durchs nasse Gras. Der Himmel war aufgerissen, goldene Adern, strömendes Licht. Den Morgenstern wird die Großmutter nicht mehr sehen, auch den Kerbel nicht, der jetzt blüht. Totenhäuser zur Linken, zur Rechten. Neben dem Weg lag ein Schwein, bleich und bläulich im Frühlicht, zwei Hunde, die an ihm fraßen, wichen knurrend beiseite. Kniehoch stand die Wintersaat. Lieber Gott, lass Großmutter nicht sterben.

Take your dying elsewhere

Die Klosterpforte war diesmal nur angelehnt. Hanna betrat den Hof, in dem sich nichts regte außer einer rotweiß gefleckten Katze, die schmeichelnd ihre Nähe suchte. Die Türen zu den Vorratsräumen standen offen, vom Keller her roch's nach verschüttetem Wein, kreuz und quer lagen Bretter, Bänke übereinander, irgendwo ein zerbrochenes Kruzifix, es sah aus, als wäre geplündert worden.

Hanna kannte das Kloster nicht, aber sie ahnte, wo die Mönche schliefen. Rufend ging sie durch einen Gang; Hühnerdreck sprenkelte die Fliesen, alles Getier schien ein und aus zu gehen. Von den Zelleneingängen her fiel Licht in den Gang, schräge, helle Vierecke, über denen der Staub tanzte. In der ersten Zelle lag ein Toter, Fliegen krochen über das schwärzlich aufgedunsene Gesicht, neben ihm ein umgestürzter Krug. Hanna wich mit angehaltenem Atem zurück, es war nicht Mathis. In der letzten

Zelle fand sie ihn. Er saß auf dem Boden und lehnte sich an die Wand mit dem rissigen Verputz; er hatte die Knie bis zum Kinn angezogen und starrte auf den leeren Strohsack unter dem Fenster, in dem es leuchtete von frühlingshaftem Grün. Mager war er, das Gesicht eingefallen, die Haare verfilzt. Erst schien er Hanna nicht zu erkennen, dann wich er zurück. Geh, geh, hier drin ist der Tod, du steckst dich an. Hanna ging zu ihm und legte ihre Hand auf seine Wange. Er neigte unter der Berührung ein wenig den Kopf und schloss die Augen; plötzlich schlug er ihre Hand weg, sprang auf die Füße. Hast du gehört? Du sollst mir gehorchen!

Hanna betastete die Hand, die er getroffen hatte.

Ich habe Bruder Peter heute begraben. Nicht einmal die Sterbesakramente durfte ich ihm geben, deswegen muss er jetzt länger leiden im Purgatorium, oder das Paradies wird ihm auf ewig verschlossen bleiben. Er öffnete die Fäuste und bedeckte mit beiden Händen sein Gesicht. Er habe gebetet bei der Grube, trotz des Gestanks, er habe den Toten, so gut es ging, mit Kalk und Erde bedeckt, was hätte er sonst tun können? Danach sei er zurückgekehrt in seine Zelle, um zu sterben wie die andern, aber es wolle ihm nicht gelingen. Überraschend lachte er.

Mathis, sagte Hanna, Großmutter will dich

nochmals sehen. Das Fenster, überhell, vibrierte vor ihren Augen.

Großmutter, wiederholte Mathis, als komme das Wort aus einer verschwundenen Welt. Sie ist krank? Er ging unsicher auf Hanna zu, hielt sich an ihr fest. Siehst du? Es ist das Weltenende, wie prophezeit in der Offenbarung Johanni, sechs sind gestorben, warum will Gott mich verschonen? Er umarmte Hanna, drückte sie fiebrig an sich, küsste sie, zu ihrem Befremden, auf Stirn und Wangen.

Der Leopard ist in unserm Haus, sagen die Leute von Kyotera, das sagt auch Odomalo, der Taxichauffeur zum Reporter

Komm mit. Hanna löste sich von Mathis, zog ihn am Ärmel in den Gang hinaus. Ohne weiteres Sträuben folgte er ihr. Beide taten sie so, als übersähen sie den Toten in der vordersten Kammer. Durch ein Bogenfenster warf der Holunder, der im Hof stand, ein windbewegtes Schattengewirr auf die Fliesen, jede Unebenheit spürte Hanna an ihren bloßen Sohlen. Draußen bückte sich Mathis nach dem zerbrochenen Kreuz.

Komm, drängte Hanna. Sie gingen am gepflügten Feld vorbei. Hanna schaute sich um und sah die Kirche hinter sich wie eine dunkle Wand, die schon zu den Bergen gehörte. Ein Bussard kreiste hoch über ihnen.

Achtzehn Enkelkinder hat Josephine bei sich aufgenommen, dazu vier Kinder aus der Nachbarschaft, nachdem auch deren Eltern weggestorben sind und niemand sonst sich um sie kümmern wollte

Wir haben unsern Vater kaum gekannt, sagte Mathis, Bruder Peter war mein Ziehvater, ohne ihn wäre ich unwissend und blind.

Was nützt dir jetzt dein Wissen?, sagte Hanna.

Er hat geschrien, bevor er starb, er hat sich gefürchtet.

Warum hat er dich weggeholt von uns? Du bist seither ganz anders, kein richtiger Bruder mehr. Und von den Kräutern wusste er weniger als Hedwig.

Er wusste, wer sie erschaffen hat.

Beim Brunnen standen Kühe, die aus der Weide ausgebrochen waren. Mathis scheuchte sie aus dem Weg. Man müsste sie melken und tränken, sagte er. Wer lebt denn noch im Dorf? Um die Häuser schienen Schatten zu schleichen, die bei ihrem Anblick verschwanden; aus zwei Dächern stieg Rauch.

Mathis blieb stehen. Glaubst du, dass man's sehen kann, wenn die Seele den Körper verlässt? Der Rauch löste sich auf in der klaren Luft; wo Rauch ist, gibt's noch Leben. Hörst du nicht wieder das leise Jammern, das aus allen Himmelsrichtungen kommt und in der Nacht stärker wird, bis es in den Ohren weh tut? Mathis formte die Hände zu einem Trichter vor dem Mund und schrie: Zeigt euch, betet mit uns! Seine Stimme verklang im Leeren, ein Windstoß fuhr durch die blühenden Bäume, der Himmel strahlte wie blankes Eis.

Die zweiundzwanzig Kinder, um die sich Josephine kümmert, sind zwischen anderthalb und zehn Jahren alt, Hungerbäuche unter fadenscheinigen Hemden, die beiden kleinsten im Vordergrund haben trotzig die Arme gekreuzt, keines weint auf dem Foto, das wir lieber überblättert hätten

Hedwig lag ohne Bewusstsein in ihrem eigenen Kot, sie hatte sich vom Strohsack gerollt, in der Decke verknäuelt, ihr Hemd war hochgerutscht, Blutflecken auf dem fadenscheinigen Leinen, ihre dürren Beine schmutzig wie bei einem Wickelkind. An den Leisten sah man die Schwellungen, rotglänzende Buckel, die sich von Stunde zu Stunde vergrößern würden. Sie atmete noch, mit leisem Zischen. Hanna säuberte sie, so gut es ging. Dann betteten sie die Kranke ordentlich hin, ein Hemd zum Wechseln hatten sie nicht; mit Rosenwasser versuchte Hanna den Gestank zu vertreiben. Sie streichelte die faltigen Wangen; Mathis betete. Jetzt unter einem Baum liegen, unter einem blühenden Apfelbaum, über sich das Spiel von Licht und Schatten, welke Blütenblätter rieseln auf dich herab, Apfelblütenschnee, erinnere dich, Hanna, so war es doch. Hedwig schlug die Augen auf, aber sie erkannte Hanna nicht, warf sich hin und her, tastete nach den geschwollenen Stellen, die sie schmerzen mussten wie Furunkel; dieser Schmerzen wegen wurden manche verrückt, so hatte man sich im Dorf erzählt, bevor das Übel ausgebrochen war.

Josephine und Sam sind die Namen, die der Kinder kennen wir nicht

Hanna versuchte den Kopf der Kranken festzuhalten und ihr Wasser einzuflößen. Hilf mir, Mathis, sagte sie, doch er betete ohne Unterlass, mit lauter Stimme. Hedwig biss die Zähne zusammen, das Wasser lief ihr übers Kinn. Kindspech müsste ich haben und es mit dem Schmalz eines ungeborenen Lamms verrühren, das zieht das Fieber aus dem Körper und lässt die Geschwüre aufbrechen, deine geheime Arznei, die du niemandem verraten hast außer mir. Gebrauch sie nur, wenn der Tod anklopft, hast du gesagt.

Kindspech finde ich nicht unter Toten, die Schafe sind nicht trächtig, was soll ich tun für dich, Großmutter? Draußen krächzte zornig der Rabe. Da begann Hedwig plötzlich zu reden, den Blick auf die offene Tür gerichtet, von der ein heller Schein kam, sie redete schnell und unverständlich, ein fiebriger Wortstrom, der sich mit Mathis' Gebeten vermischte. Mathis ist da, sagte Hanna, Mathis ist gekommen. Sie zeigte auf ihn, versuchte Hedwigs Blick einzufangen und zu Mathis zu lenken, doch Hedwig schaute durch sie hindurch, flüsternd, gestikulierend, die Soldaten verfluchend, die zur Tür hereindrängten: Nehmt, was ihr wollt, aber lasst mir das Kind. Und wieder: Hanna, Hanna, versteck dich! Verzweifelt wehrte sie Hannas begütigende Hände ab: Ihr Tiere, ihr verfluchten Tiere! Sie weinte, streichelte mit blindem Ausdruck die Decke. Hanna, was haben sie gemacht mit dir? Wach auf, es wird wieder gut, ich nähe dir ein neues Kleid, du brauchst nie mehr zu frieren. O Gott, wer hat mir auferlegt, dass ich alle überlebe? Weine nicht, Kleines, du bleibst bei mir, Hannchen, der Mathis auch, ich füttere euch durch, das Kloster wird helfen. Ihre Stimme sank zum Murmeln herab, sie atmete kaum noch, auf der Stirne stand Schweiß. Mathis blickte auf seine gefalteten Hände. Es ist nutzlos, sich zu erinnern, es ist Sünde. Wir dürfen die Toten nicht zum Leben erwecken, auch im Geist nicht, das wird erst geschehen beim Jüngsten Gericht.

Wie willst du die Erinnerung auslöschen, Mathis?

Er schwieg. Die Spieße glänzen, rote Strümpfe tragen die Soldaten, sie lachen, stechen auf die Ferkel ein, werfen den Jungen in die Luft, verkrümmte Körper auf der Erde, Blutlachen. Das Land war grau danach, das machte die Asche, die der Wind von den verbrannten Häusern wegwehte auf die Felder.

Der Vater, die Mutter waren verschwunden von diesem Tag an; dass sie umkamen, haben uns die Leute erzählt, gesehen habe ich es nicht mit eigenen Augen. Die Mutter hatte schönes Haar, sagen sie, mit einer Silberspange hielt sie's zusammen, und manchmal flocht sie's zu Zöpfen. Ich möchte wissen, ob ich ihr gleiche. Der Schmerz packte Hedwig und krümmte sie zusammen; sie spie wieder Blut. Als Hanna sich über sie beugte, kam aus ihrem Mund ein fauliger Geruch, die Zunge war rissig, violettschwarz.

Durst, murmelte Hedwig, als der Krampf vorbei war, Durst, sie haben alles weggeschüttet aus den

Kürbisflaschen, seht doch, das Wasser versickert in der Erde. Sie schluckte gierig, aber mit großer Anstrengung; die kleinste Bewegung tat ihr jetzt weh.

Wir wissen nicht, wie viele der Kinder infiziert sind, die Josephine bei sich aufgenommen hat, die kleinsten wohl alle, wir wissen nicht, ob auch noch andere lebende Verwandte, ob christliche Hilfswerke, ob Regierungsorganisationen für ihren Unterhalt aufkommen, wir wissen nicht, wer sie bei ihrem langen Sterben betreuen wird, aber wir sehen hinter den Kindern Josephine stehen, mit versteinertem Gesicht

So ging es den ganzen Tag. Mit Essigwickeln versuchte Hanna die Krämpfe zu lindern; auf die Beulen, die bläulich zu schillern begannen, legte sie junge Kohlblätter, strich Eidotter, mit Salz vermischt, darüber, obgleich sie wusste, dass es nichts nützen würde; die letzten Eier, die sie hatten, brauchte sie dafür.

Mathis nickte zwischendurch ein, kippte aus der knienden Stellung langsam gegen Hanna, die ihn auffing und auf den Boden gleiten ließ. Das Wimmern der Kranken schreckte ihn auf, er gähnte, bekreuzigte sich. Es ist hoffnungslos, murmelte er, der Leib verfault, Hoffnung hat nur ihre Seele. Und er fuhr fort zu beten. Auch Hanna kämpfte mit dem Schlaf. Sie floh vor den Männern; wieder die Gänge, durch die sie rannte, sie stolperte über Lumpenbündel, die am Boden lagen, aus den Bündeln schälten sich Tote heraus mit blutigen Malen an Händen und Lenden, sie griffen nach Hanna, doch sie entwand sich ihnen, denn sie hatte sich in eine Schlange verwandelt, die Haut bedeckt mit Schuppen, ein biegsamer Schlangenleib, so kroch sie davon, und keiner vermochte sie zu fassen. Mathis rüttelte sie wach und fragte, weshalb sie lache, aber sie verschwieg ihm ihren Traum.

Und Josephine auf dem Foto, das wir lieber überblättert hätten, wie aus Stein ihr Gesicht, der fordernde Blick der Kinder

Später aßen sie kalten Gerstenbrei. Von draußen kein Geräusch außer dem Brüllen der Tiere, dem Rauschen des Winds. Der Abend kam, ein Schmetterling verirrte sich zu ihnen ins Haus, ziellos flog er herum, an der Wand über dem Herd ruhte er sich aus, seine Flügel schimmerten gelblich im Halbdunkel.

Der erste, den ich heuer sehe, sagte Hanna, vielleicht bringt er uns Glück.

Sie hat recht, sagte Mathis, wir sollten fliehen.

Ich bleibe, sagte Hanna, ich warte bei ihr.
Dann warten wir. Herr, rette ihre Seele.

Die Nacht verging zwischen Wachen und Dösen. Hedwigs Leiden stumpfte sie ab; manchmal ertappten sie sich dabei, dass sie ihr Klagen überhörten, und Hanna vergaß, die Wickel zu erneuern. In der Dämmerung ging sie zum Brunnen. Das Rotkehlchen sang, die Knospen der Linde waren aufgebrochen, aber Wolken verhüllten die Berge. Bis dorthin, wo noch Schnee liegt, kann das Übel nicht dringen, das Eis widersteht ihm; im Gletschereis haben sie einen Mann gefunden, der vierzig Jahre dort lag; geh ins Eis, Mathis, wenn du dich so fürchtest.

Eine von Agathes jüngern Schwestern zog eben den Eimer herauf, sie ließ ihn fahren, als Hanna sich näherte, und rannte zurück zum Haus.

Wart doch, rief Hanna, ich tue dir nichts.

Das Mädchen blieb in sicherm Abstand stehen. Bei euch ist's auch, das wissen alle. Komm nicht näher, ich zerkratze dir das Gesicht.

Wo ist Agathe?, fragte Hanna. Ich habe sie nicht mehr gesehen. Das Mädchen, ein paar Schritte von der Tür entfernt, schaute Hanna flehend an, sein Gesicht war grau und eingefallen von den durchwachten Nächten.

Herein, herein mit dir!, ertönte von drinnen eine Frauenstimme. Du redest nicht mit andern!

Schweigend drehte das Mädchen sich um, verschwand im Haus. Satt sitzen sie da, die Häuser. Ein Sturm müsste kommen, die Dächer abdecken, die Lebenden und die Sterbenden wegtragen, irgendwohin, wo wir um ein Feuer säßen, um ein einziges großes Feuer.

Hanna tränkte und molk die Schafe, sie fütterte den Raben und sah zu, wie er bei der Schwelle eine Kuhle in den Boden wühlte; sie tat alles ohne Hast, mit den vertrauten Bewegungen, sie ließ die schlimmen Gedanken eine Weile ruhen, und beinahe schien es ihr, sie sei zurückgekehrt in glücklichere Tage.

Zweiundzwanzig Kinder betreut Josephine, einige leiden an Fieber, das nicht abklingen will, kein Geld für Medikamente, Mangelernährung, zweiundzwanzig von fünfundachtzigtausendsiebenhundertfünfundneunzig elternlosen Kindern unter zwölf, die im September letzten Jahres in acht Bezirken Ugandas registriert worden sind, die Behörden nehmen an, die meisten Eltern seien an den Folgen der Seuche gestorben

Zögernd ging Hanna ins Haus zurück. Mathis schaute sie vorwurfsvoll an. Hedwig ging es schlechter, eine Beule in der Achselhöhle war aufgebrochen, der ausfließende Eiter verfärbte ihr Hemd und verbreitete Jauchegestank.

Es geht zu Ende mit ihr, sagte Mathis tonlos. In der Stadt brennt der Wundarzt die Beulen mit glühenden Eisen aus, einige sollen danach überlebt haben.

Wir haben kein Eisen, um es glühend zu machen, sagte Hanna. Ein weiteres Mal überwand sie sich, die Sterbende zu waschen. Diesmal nahm sie das einzige Hemd aus der Truhe, das noch darin lag, es hatte ihrer Mutter gehört, ein schönes Leinenhemd, selbstgewoben, weich anzufassen, das soll dein Totenhemd sein, Großmutter. Sie zog es Hedwig an, behutsam, geduldig, denn der nackte Körper wehrte sich beharrlich gegen die Bekleidung. So fleckig wird einmal auch meine Haut, und sieh nur, Mathis, wie glatt sie noch ist. Hedwigs Atem ging flach, ihre Lider flackerten. Bevor sie starb, war sie kurze Zeit bei Vernunft. Sie öffnete die Augen, erkannte Hanna, dann Mathis, der sich ihr, das kleine Kruzifix umklammernd, wieder zu nähern wagte.

Versprecht mir, flüsterte sie, dass ihr weggeht von diesem verfluchten Ort. Sie brauchte lange, um die Worte auszusprechen, die geschwollene Zunge ließ sich kaum noch bewegen.

Avoid aids, zero graze

Leg die Beichte ab, Großmutter, sonst erlangst du das Himmelreich nicht. Mathis hielt das Kruzifix an ihre gesprungenen Lippen, mit einer fahrigen Bewegung schob sie's weg. Geht fort von hier, wiederholte sie, alles ist besser, als im eigenen Haus zu verfaulen.

Hedwig lag wieder still. Mathis zeichnete ein Kreuz auf ihre Stirn und sprach dazu die vorgeschriebenen Worte. Sie versuchte den Kopf abzuwenden, aber Mathis hatte ihren Nacken umfasst.

Du tust ihr weh, sagte Hanna, du bist doch gar nicht geweiht.

Hedwig bäumte sich auf. Geht weg!, schrie sie, die Stimme brach, ihre Zunge drängte sich zwischen den Zahnstummeln hervor, sie sank zurück. Mathis drückte ihr die Augen zu. Geht weg, klang es nach in Hannas Ohren. Ich verspreche es, Großmutter. Ein Schimmer von draußen hob Hedwigs Gesicht aus dem Halbdunkel heraus. Hanna ertrug den Anblick nicht, sie ertrug es kaum, dass Mathis weinte.

Was tut ihr jetzt? Ihr wickelt die Tote in ein sauberes Tuch, tragt sie durchs Dorf in der Morgendämmerung, an den verlassenen Häusern vorbei. Wie leicht sie ist, die Tote, wie schwer sie wird bei diesem Gang unter dem grauen Himmel. Ihr tragt die Tote zur Grube, wo die andern liegen, schau nicht hinein, Hanna, doch du wendest dich nicht ab wie Mathis, du schaust hin und ahnst Leiber, die Form eines Kopfes dort, Schultern, der Schrecken macht dich starr, immer starrer. Beinahe gelingt es euch nicht, die Tote in die Grube gleiten zu lassen, der Leichnam dreht sich im Fallen, entblößt sich, das Tuch bleibt hängen an andern Toten, auch das siehst du, Hanna, der Tod kennt keine Scham. Man müsste die Totenglocke läuten, einen Trauerzug gäbe es hinter dem Sarg, der Leutpriester müsste die Messe lesen, aber die Ordnung ist zerstört, man fällt ins Bodenlose, ein Verenden wie bei kranken Tieren. Schweigend geht ihr zurück, eure Hände berühren einander, wie unabsichtlich. Wer lebt noch im Dorf? Von außerhalb betritt es seit Tagen niemand mehr, es spricht sich rasch herum, wo die Krankheit ausgebrochen ist, die Jakobspilger nehmen einen andern Weg.

Mathis zieht den Umhang enger um sich. Die Juden sind schuld, sagt er und stößt mit dem Fuß erbittert einen Stein zur Seite.

Großmutter hat gesagt, es sei nicht wahr.

Und doch ist es wahr. Wenn diese Krankheit eine Strafe Gottes ist, haben Menschen Seinen Zorn erweckt. Die Juden haben Gottes Sohn ans Kreuz geschlagen, und durch Wucher sündigen sie gegen Seine Gebote, und weil sie so verdorben sind, wollen sie auch andere verderben, und deshalb haben sie in den Städten die Brunnen vergiftet, und von den Brunnen steigt der giftige Dunst auf und verbreitet sich im ganzen Land. Mathis hat sich in Hitze geredet, seine Hände fahren durch die Luft, der Umhang klafft über der Brust auseinander. So hat er früher oft auf Hanna eingeredet, darauf bedacht, sie mit seinem Wissen zu betäuben, da hörte man fast aus jedem Satz den Einfluss der Mönche; jetzt aber, denkt Hanna, sucht er einen Grund für seinen Zorn, denn gegen Gott darf sich der Zorn nicht richten. Sieh dort, sagt sie und deutet hinüber zum blau verschatteten Waldrand, dem entlang eine kleine Gesellschaft reitet, fünf oder sechs Pferde, eines mit blaugelber Schabracke; die Standarte, die der vorderste Reiter trägt, verrät trotz der Entfernung, dass es der Herr von Rümligen, samt Gefolge, bei einem Ausritt ist. Die Reiter halten oberhalb des Dorfes an, einer beschirmt, gegen die Sonne schauend, mit der Hand sein Gesicht.

Wollen sie zu uns?, fragt Hanna angstvoll.

Sie werden sich hüten.

Was wollen sie denn?

Mag sein, sie zählen die Häuser, aus denen kein Rauch steigt.

Fällt ihnen die verlassene Habe zu?

Uns jedenfalls nicht. Sei froh darüber. Keiner nimmt etwas mit in die jenseitige Welt.

Aber wer reich ist, braucht nicht zu hungern. Mathis macht eine unwillige Gebärde; die Reitgesellschaft am Waldrand setzt sich in Bewegung, ein heller Glanz, ein Auf und Ab entlang der grünen Wand, das Gefolge zieht sich auseinander, als ob ein Fächer auf dunklem Grund seine Farben aufblättere.

Ich fürchte, sagt Mathis, wohin wir auch gehen, dort ist schon das Übel.

Im Wald nicht, erwidere Hanna, ich habe nur Angst vor den wilden Tieren und den Geistern.

Gott wird uns beschützen.

Und wenn wir die Einzigen wären, die er verschonen will?

Wodurch hätten wir diese wunderbare Rettung verdient?

Sie zuckt mit den Achseln, den Tränen nahe. Es ist nur eine dumme Hoffnung.

Hoffe aufs ewige Leben, sagt Mathis, beinahe bittend.

Die Zahl von fünfundachtzigtausend elternlosen Kindern (zweiundzwanzig davon betreut Josephine) möge für europäische Begriffe sehr hoch erscheinen, sagt Absolom Bwanikal-Bbale, Chef der regionalen Sozialbehörde, zum Reporter, aber sie könne nicht stimmen, er sei überzeugt, dass es bereits zwischen einer und anderthalb Millionen Aids-Waisen in Uganda gebe; deshalb habe er mit den Vorbereitungen für eine neue Waisenzählung begonnen

Was packen wir? Ach, wenig. Was wir auf dem Leib tragen, kommt mit, der Kamm, die Wintermäntel, zusammengerollt, ein Säcklein Nüsse, ein wenig Brot und der letzte Rest Dinkel, ein Zipfel Wurst, der noch über dem Feuer hängt, getrocknete Pflaumen, der Lederschlauch fürs Wasser, Salben, ein paar Kräuterbüschel gegen das Fieber, den Durchfall. Überall Hedwigs Spuren; wie sorgsam sie war. Ihre Haarbänder und das Kopftuch lassen wir zurück, ihren Stock mit dem geschnitzten Knauf, die Schuhe, zu klein für mich, der Spinnrocken, an dem sie gerne saß, die eiserne Hacke, die beiden Töpfe: Alles bleibt zurück, die Schafe bleiben zurück, bald schon würden sie geschoren. Wir öffnen den Pferch, noch fließt genug Wasser im Bach. Wir verlassen den Ort, wo wir geboren wurden, wir schultern den Leinensack, ein wenig Glut füllen wir ins Kesselchen; wenn's nur nicht regnet diese Nacht.

Sam Ssenyonja, katholisch getauft, hat, nimmt der Reporter an, ungeschützt mit Femmes libres verkehrt, wie alle seines Alters, und danach mit seiner Frau, die vielleicht Elizabeth hieß (Kondome ungebräuchlich, zu teuer, vom Papst verboten); in den Städten gibt es keine Massagesalons mit hohem hygienischem Standard, nur billige Bars und Bordelle

Sie traten vors Haus. Hanna sah es plötzlich mit fremden Augen, sie sah das Strohdach, das grau geworden war, überwachsen von Moos, sie sah die vom Regen ausgewaschenen Stellen in den Lehmwänden, wo das Flechtwerk zum Vorschein kam. Und ringsum die gleichen Hütten, ein Geisterdorf. Wie arm wir sind, dachte sie, wie machtlos. Aber sie schwieg, denn sie wusste die Antwort des Bruders schon: Gott will es so. Und dein Rabe?, fragte Mathis.

Der Vogel saß, zerzaust wie immer, auf der Schwelle, mit schräg geneigtem Kopf und traurigen Augen. Hanna kauerte sich neben ihn und krault sein Gefieder. Der Rabe krächzte leise, wie im Schlaf, breitete halb die Flügel aus, faltete sie wieder. Dann schmiegte er seinen Kopf an die Innenseite ihrer Hand. Sie löste die Kette von seinem Fuß. Flieg fort, wenn du kannst. Der Rabe schüttelte sein Gefieder und drehte sich in kleinen Hüpfern um sich selbst, als würde er das Gewicht, das Zerren am Fuß vermissen; die Kette formte eine Schlaufe auf dem blank gescharrten Boden.

Siehst du, sagte Mathis verächtlich, er bliebe lieber gefangen.

Fucking: das Vergnügen der Armen (kein TV, keine Tennis-Clubs)

Sie gingen durchs Dorf, dem Wald entgegen. Das Heugras stand hoch, niemand würde es mähen. Ein Mann trat, zu ihrem Schrecken, aus der letzten Hütte und humpelte rufend hinter ihnen her; sein Gesicht war geschwärzt, er hatte ein schmutziges Tuch um den Kopf gebunden. Bleibt hier, rief er, oder nehmt mich mit!

Ich glaube, es ist Jakob, sagte Hanna.

Seht mich an, seht mich an, rief der Alte in gedehntem Singsang, jetzt hat's auch mich erwischt, ich spür's im Kopf, in den Knochen. Nehmt mich mit! Sie waren stehengeblieben; er hatte sich ihnen bis auf wenige Schritte genähert, streckte wie ein Ertrinkender die Arme aus. Mathis wandte sich ab, zog die Schwester mit sich. Der Alte, der sie einzuholen versuchte, strauchelte, stürzte, blieb liegen, ein schmutziges Bündel, das kaum noch Ähnlichkeit mit einem Menschen hatte.

Mathis streichelte Hannas Hand. Dreh dich nicht mehr um. Er zog sie, beinahe grob, an seine Brust, er nahm ihren Kopf zwischen seine Hände und küsste, wie schon einmal, ihre Stirn, ihren Mund. Sie fürchtete sich vor seiner plötzlichen Hitze und versuchte ihn wegzustoßen.

Hanna, flüsterte er in ihr Ohr, sei lieb zu mir. Ein Flattern hinter ihnen ließ sie zusammenschrecken und auseinanderweichen. Es war der Rabe, der ihnen, halb hüpfend, halb fliegend, folgte; er flog mit unsicherem Flügelschlag auf den Ast eines Birnbaums und äugte zu ihnen hinunter.

Augenblicklich vergaß Hanna ihre Befangenheit. Sieh nur, er lässt uns nicht allein! Mit den vertrauten Schnalzlauten versuchte sie den Raben zu sich herabzulocken, doch er blieb auf dem Ast sitzen.

In ihm steckt ein böser Geist, sagte Mathis. Er bückte sich nach einem Stein, um den Vogel zu verscheuchen. Hanna fiel ihm in den Arm. Lass ihn doch, was hat er dir zuleide getan?

Africa, sagt Edward Rist, sechsundvierzig, weiß, Chef der Uganda-Niederlassung von Care in Kampala, Africa was a fucker's paradise. Dann kam Aids, und – wham! Der Spaß war vorbei (kaum anzunehmen, dass er Sam Ssenyonja kannte)

Das Licht war stumpf im Wald, der Weg stellenweise bedeckt vom vorjährigen Laub, da war das Rascheln ihrer Schritte so laut, dass Hanna beinahe erschrak; den modernden Blättern, die ihre Füße nach oben kehrten, entstieg ein Geruch, der allen Frühlingszeichen widersprach. Ein Kuckuck rief von weit her. Hanna zählte stumm die Rufe; gerade Zahl bedeutet Glück, ungerade Unglück.

Es wird regnen heute Nacht, sagte Mathis. Sein Gesicht war bleich und müde; manchmal siehst du aus wie ein alter Mann, Mathis, deine Zähne sind schlechter als meine, du gibst zu wenig acht auf dich, das hat auch die Großmutter immer gesagt. Ihren Namen zu denken rief sie herbei wie ein verbotener Zauberspruch, sie stand vor Hanna, in ihrem braunen Rock, mit einem Büschel frisch gepflückter Kräuter in der Hand; erst die Tränen schwemmten das Bild weg.

Ich kann es nicht glauben, dass sie tot ist, sagte Hanna.

Nur ihr Leib ist tot, antwortete Mathis.

Warum nimmt Gott uns die Menschen weg, die wir am meisten brauchen?

Mathis setzte mit raschen, ärgerlichen Schritten einen Abstand zwischen sich und sie. Das sind sündhafte Gedanken. Du hast sie nur, weil du zu wenig weißt.

Zornig holte Hanna ihn ein. Und du? Du plapperst die Sätze nach, die die Mönche dir beigebracht haben.

Nun schwiegen sie beide, rannten fast nebeneinander her, rissen sich heftig los von Brombeerranken, die sich in ihren Kleidern verfingen. Sie kamen an Strünken mit heller Schnittfläche vorbei, Späne, abgetrennte Äste lagen herum, die Stämme hatte man weggeschafft. Schleifspuren führten zur Lichtung, wo ein Kohlenmeiler aufgebaut war, aus dessen Öffnung beißender Rauch stieg. Sie spürten die Hitze beim Vorübergehen, und Hanna schloss die Augen; es war, als ob sie einen viel zu kurzen Sommer durchschritten. Die Köhler waren verschwunden, in einem Unterstand hatten sie genächtigt, der

Zaun aus Dornenästen, der den Meiler und das zertrampelte Gras umgab, war halb niedergerissen.

Warum sind sie weg?, fragte Hanna.

Weil die Straße die Krankheit herbeibringt, deshalb.

Dauernd sagst du etwas anderes. Einmal fliegt die Krankheit durch die Luft, dann kommt sie über die Straße. Einmal sind die Juden schuld an ihr, dann wieder will Gott uns strafen.

Mathis stampfte mit dem Fuß auf. Du stellst dich dumm, Hanna. All das ist wahr, wir müssen uns vor so vielem hüten.

Sie bogen von der Landstraße ab, über die sie eine Zeitlang gewandert waren, und bestiegen eine sanfte Anhöhe. Ein Bach rieselte ihnen entgegen, vielleicht wuchs an seinen Rändern Kresse. Sie umgingen morastige Stellen; in einzelnen Kuhlen lagen Schneereste, kaum zu glauben nach all den warmen Tagen.

Droben die Eichen, mit weit ausgreifenden Kronen, die Äste ineinander verschränkt; drei oder vier Männer hätte es gebraucht, die Stämme zu umspannen, älter als das Kloster waren sie, älter als das Schloss.

Hanna und Mathis machten halt beim Findling, der, halb eingesunken, vor den Eichen lag, ein mannshoher Klotz, gesprenkeltes Gestein mit kristallinen Adern, in den Spalten wuchs Moos. Der Boden war übersät mit Eicheln; bis hierher trieb niemand die Schweine zur Mast, der Ort wurde gemieden. Erdbeeren wachsen dort drüben, Pilze im Herbst, du hast Wasser aus dem Bach geschöpft, Großmutter, und über den großen Stein gegossen, warum wusste ich nie, du hast dich an die mittlere Eiche gelehnt, mit dem Finger Zeichen auf die Rinde geschrieben. Die Spitze eines Schösslings musste ich im Frühling essen, der bittere Geschmack, das Gefühl, etwas Lebendiges zu verschlucken. Dort schien die Großmutter wieder zu stehen im ungewissen Licht, schien mit dem Stamm zu verwachsen.

Bleiben wir hier?, fragte Hanna.

Du wolltest doch zu den drei Eichen, sagte Mathis. Er band aus zwei kahlen Ästen ein Kreuz zusammen, spitzte es mit dem Beil, rammte es neben den Findling in die Erde. Er wischte sich den Schweiß von der Stirn; aus seinem Gesicht war die Besorgtheit nicht verschwunden.

Die Zahl 22, die keine Namen, keine Gesichter ersetzt, und Care-Chef Rist in Kampala, der dem Reporter sagt: Zwei Generationen gehen in den nächsten zwei Jahrzehnten über den Jordan (und wham! – der Spaß war vorbei)

Sie richteten sich ein für die nächsten Tage, sie scharrten unter der mittleren Eiche einen Platz frei, bedeckten ihn mit Tannenästen, schichteten Nadelstreu und trockenes Laub darüber. Mathis schlug junge Buchenstämme und baute aus ihnen ein Schutzdach, das er mit Rindenbast zusammenband und mit Moospolstern deckte. Hanna grub daneben die Feuerstelle, aber so, dass die Flammen weder ihren Unterschlupf noch den Baum bedrohten. Mit der Glut aus dem Kessel war rasch Feuer gemacht. Bevor es dämmerte, hatte Mathis den Schlafplatz mit Zweigen von Schlehdorn gesichert. Sie rückten ans Feuer und aßen, was sie mitgebracht hatten: Brot und harten Käse, ein paar Nüsse; der Wasserschlauch war frisch gefüllt. Ein leichter Regen setzte ein, die Tropfen zischten in der Glut, Hanna fröstelte und zog ihren Kapuzenmantel über den Kopf.

Ich habe heute zweimal zu beten vergessen, Schwester.

Sie sah, dass Mathis, um sich selbst zu bestrafen, auf Dornenzweigen kniete; das Gebet, das er sprach, dauerte doppelt so lange wie sonst. Die Flammen züngelten im Regen. Hanna spürte, dass das Tuch über den Schultern feucht wurde, die Wolle roch vertraut nach Schafen. Dann stechen dich eben die Dornen, aber glaube nicht, dass ich die wunden Stellen einsalben werde.

Warum betest du nicht, Schwester? Bitte um Vergebung.

Ich habe schon gebetet. Man braucht dazu nicht immer die Hände zu falten.

Slim disease

Sie ging zum Schlafplatz, hüllte sich in ihre Decke, legte sich nieder. Wenig später folgte ihr Mathis. Seine Finger berührten ihre Wange. Schlaf gut, Hanna. Es dauerte lange, bis er eine Lage gefunden hatte, die ihm behagte. Sein Atmen lenkte sie von andern Geräuschen ab, vom Knacken und Rascheln, vom Tappen, als streiche ein Tier ums Gehege. Hörte man nicht sogar Stimmen von weit her? Unter den Eichen wird uns nichts geschehen, gebenedeit seist du, Maria. Fadenfein fiel der Regen. Diese sternenlose Dunkelheit. Aus ihr leuchtete Hedwigs Gesicht, so deutlich mit allen Falten und Fältchen, als bräuchte Hanna nur die Hand auszustrecken, um es zu berühren, und diese Berührung hätte geschmerzt wie glühendes Eisen, nein, der Schmerz war ja da, eine zweite Haut war er, die sich zusammenzog bei jedem Atemzug, auf Rippen und Eingeweide drückte.

Slim disease nennt man in Uganda die Seuche, von der vermutlich auch Josephines jüngste Enkelkinder infiziert sind; in Sambia heißt sie Krankheit der Schande

Sie war mit Gleichaltrigen in einem großen Zelt. Niemand wagte, laut zu reden, Tuscheln und Flüstern, das in den Ohren weh tat, heschmro, ischguet, die Hast in allen Gebärden. Draußen brannten kleine Feuer; Agathe zeigte ihr den nackten Arm, die Haut übersät mit verschorften, eiternden Malen. Ich muss sterben, sagte sie, silönisverrecke, hinter dem Zelt ein grässlicher Unrat, da liegen auch Menschen, Kinder, und plötzlich stehen die Männer da mit ihren Masken, begleitet von Behelmten, Knüppel schwenken sie, schützen sich mit ihrem geflochtenen Schild vor den Steinen, die gegen sie prasseln. Durch den Park rennt Hanna davon, Vögel fliegen neben ihr her, da liegt Agathe rücklings beim Weiher, ganz blass, das Haar hängt ins Wasser. Was haben sie dir getan, Agathe? Sie sagen, wir seien schuld am Übel. Das ist nicht wahr, Agathe, das ist gelogen. Sie waren wieder im Zelt, das Dach war zerrissen, blendend stand der Himmel in den Löchern. Die Männer ließen niemanden hinaus; wer bei euch liegt, sagte einer, holt sich den Tod. Das ist nicht wahr, schrie Hanna. Der Mann holte mit dem Knüppel aus. Hanna bäumte sich auf, fühlte sich, erwachend, an den Schultern niedergedrückt.

Was ist nicht wahr? Hast du schlecht geträumt? Das Feuer war erloschen, sie sah den Bruder nicht in der Dunkelheit, aber sie roch sein Haar, seine Haut.

Mich friert, sagte er mit seiner Jungenstimme. Er legte sich dicht neben sie, um sie zu umarmen, und sie ließ es geschehen, Leib an Leib lagen sie, die Gesichter einander zugewandt, Atem vermischte sich mit Atem.

Krankheit der Schande: Immer häufiger würden schon Menschen, die HIV-positiv seien, aus ihrem Freundes- und Arbeitskreis verstoßen, sagt Francine Derriey, Krankenschwester am protestantischen Spital in Dabou an der Elfenbeinküste

Lautlos fiel Schnee, als Hanna erwachte; Mathis' Kopf lag an ihrer Schulter. Vorsichtig rückte sie von ihm weg. Er seufzte, drehte sich mit flatternden Lidern auf den Rücken, Decke und Mantel waren über der Brust weggerutscht. Sie beugte sich über ihn und deckte ihn besser zu. Flaumfedernschnee hing an Zweigen und am jungen Laub, fingerdick lag er über dem Gras. Ein Specht begann irgendwo zu hämmern. Hannas Füße waren wie Eis, sie knetete sie eine Weile, dann stand sie auf, schlug die Arme um sich und stampfte in den Holzschuhen herum. Unter ihrem Dach war's fast trocken geblieben.

Mathis gähnte und rieb sich die Augen.

Es schneit, sagte Hanna, ohne ihn anzusehen.

Ungläubig blinzelte Mathis ins Schneelicht.

Hanna streckte die Hand aus und ließ Flocken auf der Haut schmelzen.

Das kann nicht lange dauern, sagte Mathis. Zwei, drei Tage höchstens, die werden wir überstehen. Barfuß trat er aus dem Schutz der Eichenäste heraus, bückte sich, um die Beschaffenheit des Schnees zu prüfen, rieb sich mit Schnee das Gesicht, bis es glühte, dann die Hände, die Füße; auch er vermied Hannas Blick.

Mit Mühe gelang es ihnen, das Feuer neu anzufachen; zum Glück hatten sie Zunder und trockene Späne unter einem der Leinensäcke aufbewahrt. Mathis hielt die Decke schützend über Hanna, damit sie im Trockenen Funken schlagen konnte. Wie im Zelt ist das, lass mich drin, schlüpf dazu, was vorher war, wollen wir vergessen.

Aids galoppiere ungebremst durch den afrikanischen Kontinent, sagt der belgische Seuchen-

mediziner Peter Piot vom Institut für Tropenmedizin in Antwerpen; fünf Millionen seien bereits infiziert (und wir hoffen auf Josephine)

Zwei Tage verbrachten sie im Schnee. Sie froren, aber es war erträglich. Sie hatten so viel damit zu tun, sich warm zu halten, dass sie beinahe vergaßen, weshalb sie hierher geflohen waren. Über die Nächte, in denen sie einander umarmten, sprachen sie nicht. Obgleich sie Tierspuren rund ums Dornengehege fanden, verlor Hanna ihre Angst vor dem Wald. Ein Bär ist es nicht, sagte Mathis, eher ein fetter Dachs. Er lachte; es war das erste Lachen seit langem, an das Hanna sich erinnern konnte.

Dann wurde es rasch wärmer, wie Mathis vorausgesagt hatte. Die Wolkendecke riss auf, die Sonne schien gleich so kräftig, dass es über der Lichtung zu dampfen begann. Der Schnee verging, am schnellsten rund um den Findling, wo er sich gar nie richtig festgesetzt hatte, und hinterließ nasse, weiche Erde, gärendes Laub. Die Blätter an den Bäumen glänzten vor Nässe, nur die wenigen, die erfroren waren, begannen sich zusammenzurollen.

Take your dying next to us

Hanna ließ sich wärmen und streckte ihre Glieder, sie wusch sich Hals und Gesicht am Bach; sie spürte die Frische des Wassers, das Prickeln auf der Haut. Wie lange bleiben wir hier, Bruder? Der Wald gibt vieles her, wenn man ihn kennt. Mathis folgte dem Bachlauf, beobachtete die hin- und herflitzenden Schatten im Wasser; als er mit bloßen Händen die erste Forelle fing, war's ein Fest für beide. Aber der Geschmack der gebratenen Schuppenhaut erinnerte an eine verlorene Zeit, an den Weihnachtskarpfen, den Hedwig mit Brot und Rosinen gefüllt, an die Forellen, die das Kloster manchmal zur Fastenzeit an die Armen verschenkt hatte. Greif hinein in den Eimer, Kind, hol dir einen Fisch heraus. Nein, ich tu's nicht, es graust mir davor. Warum? Weil sie so zappeln.

Und während westliche Seuchenmediziner ausgefeilte Strategien gegen die weitere Verbreitung des Erregers entwickelten, fehle es, so stellt der New Scientist fest, in Afrika immer noch an Seife

Eines Morgens hörten sie Hundegebell; beunruhigt schauten sie einander an. Aus dem Unterholz brach ein verängstigter Hase, schoss mit angelegten Ohren auf sie zu, verschwand im Gebüsch auf der Gegenseite. Ihm folgten, die Schnauze dicht über der Fährte, zwei Hetzrüden mit geflecktem Fell. Der Anblick der Menschen lenkte sie von der Verfolgung ab, sie stürzten auf Mathis und Hanna zu, kläfften, als hätten sie die Beute gestellt. Mit einem Stock trieb Mathis die Hunde zurück; knurrend umkreisten sie die Geschwister, und diese drehten sich mit, um sie im Auge zu behalten. Ein scharfer Pfiff rief die Hunde zurück; winselnd trotteten sie dorthin, wo ein Mann im Lederwams, mit einem Jagdspieß in den Händen, auf die Lichtung trat. Er befahl den Hunden, sich zu setzen, und blickte zu den Geschwistern hinüber. Jetzt ist der Hase entwischt, sagte er missmutig, die Hunde sind noch jung, dauernd haben sie Flausen im Kopf. Er versetzte dem einen der beiden einen Tritt; aufjaulend wich der Hund zurück.

Wer seid Ihr?, fragte Mathis, ohne sich von der Stelle zu rühren.

Das Gleiche frage ich euch.

Wir bleiben hier im Forst, bis Gott das Übel, mit dem er uns straft, wieder von uns nimmt.

Das tun wir auch, unsereiner hat kein Landhaus wie die Adligen, sagte der Mann. Ich bin Kürschner, komme aus Bern. Ich habe zusammen mit einem Nachbarn eine Hütte im Wald gebaut, darin wohnen wir jetzt, zu elft, die Kinder mitgerechnet. Wir sind aus der Stadt geflüchtet, bevor die Plage unsere

Häuser erreichte, und bisher sind wir mit Gottes Hilfe verschont geblieben. Und ihr? Woher kommt ihr?

Aus Rüeggisberg, sagte Mathis.

Die Miene des Mannes wurde abweisend. Dort habe kaum einer die Krankheit überlebt.

Das Dorf ist verlassen.

Das Kloster?

Leer.

Kommt mir keinen Schritt näher, rief der Mann, obgleich sich weder Mathis noch Hanna bewegten. Die Hunde begannen zu knurren. Ihr braucht euch nicht zu ängstigen, sagte Mathis mit belegter Stimme. Unser Haus ist verschont geblieben, und wir danken Gott dafür. Habt ihr keine Kranken berührt?, fragte der Mann. Keinen Toten mit eigener Hand begraben?

Mathis schüttelte den Kopf; wie versteinert stand Hanna neben ihm.

Schwörst du das? Schwörst du bei allem, was dir heilig ist?

Wir sind frei von der Krankheit, das schwöre ich.

Der Mann rammte seinen Spieß in den Boden und trat, gefolgt von den Hunden, erleichtert auf sie zu; er umarmte Mathis, musterte Hanna, die sich halb von ihm abwandte. Man wird hungrig nach

Gesellschaft, wenn man lebt wie wir. Er deutete auf Hanna. Ist sie deine Frau?

Meine Schwester.

Der Kürschner lächelte zweideutig. Seine Blicke wanderten zu ihrem Unterschlupf und wieder zurück zu Hanna. Du frierst sicher in der Nacht. Bei uns ist's warm, du bekommst Felle zum Zudecken, so viel du willst.

Nehmt ihr uns bei euch auf?, fragte Mathis.

Ich muss die andern fragen. Was kannst du denn? Du redest wie ein Mönch, aber du hast keine Tonsur. Während er redete, streifte er Hanna immer wieder mit seinen Blicken.

Ja, Mönch wollte ich werden, aber ob's jetzt noch Mönche gibt, weiß ich nicht.

Der Kürschner lachte. Mönche wird's immer geben, wie Läuse im Pelz. Beten kannst du jedenfalls, und es schadet nichts, wenn wir einen bei uns haben, der für unser Wohl betet. – Ich werde helfen, wo man mich braucht, sagte Mathis. Es ist besser, unter Menschen zu leben, als allein.

Habt ihr Geld?, fragte unversehens der Kürschner. Gold? Juwelen?

Wir sind arm, sagte Mathis, Klosterleute.

Habt ihr wenigstens Vorräte? Korn? Eier?

Wenig. Was wir haben, werden wir mit euch teilen.

Der Kürschner überlegte, rückte die lederne Mütze zurecht. Gut, ich werd's versuchen. Packt eure Sachen und kommt mit.

Wir danken euch, sagte Mathis. Gott segne euch. Hanna, hast du gehört? Wir brechen auf.

Ich will nicht, sagte sie, steif vor Zorn.

Warum nicht?, fragte der Kürschner. Willst du hier allein verrotten?

Du tust, was ich sage, fuhr Mathis sie an.

Hanna starrte auf ihre Zehen und schüttelte den Kopf. Mathis packte sie am Handgelenk, zerrte sie, trotz ihres Sträubens, zum Schlafplatz.

Recht so, lachte der Kürschner, die Weiber sollen gehorchen.

Slim disease heiße die Seuche, weil ihre Opfer mit fortschreitender Krankheit stark an Gewicht verlören

Warum zwingst du mich, dir zu folgen? Warum folge ich dir und diesem Mann, der nach toten Tieren riecht, nach getrocknetem Blut? Seine Riemenschuhe versinken im Boden, lösen sich mit saugendem Geräusch. Er ist schwer, der Kürschner, schwer und grob, das Gras trampelt er nieder, ich will ja gar nicht mit. Ein Eichhörnchen huscht wipfelwärts, flirrendes Pelzgewirbel, die Hunde umkreisen bellend den Baum, dann aber spüren sie erneut einen Hasen auf und jagen ihm nach.

Wartet hier, sagt der Kürschner, und er kehrt zurück mit dem abgestochenen Tier, hält es an den Hinterläufen. Der ist mager, sagt er, der reicht für vier.

Aber merk dir, Kürschner, mein Salz gebe ich nicht her, es ist gut versteckt im Bündel.

Slim disease (slim = schlank, dünn, gering, dürftig, schwach)

Die Flüchtlinge aus der Stadt hatten auf einem gerodeten und eingezäunten Platz, der von einem Bach durchflossen wurde, ein Blockhaus gebaut, daneben einen Garten angelegt; es sah aus, als ob sie seit Jahren hier leben würden. Wäsche war zum Trocknen über Steine gebreitet, Hühner spazierten herum, Kinder spielten mit einer Katze; am Dachsparren hingen Hasenfelle und Eichhörnchenbälge.

Die Kinder rannten ins Haus hinein, als der Kürschner Mathis und Hanna zum Lager brachte; die alte Frau, die vor dem Eingang spann, hielt in der Bewegung inne. Du sollst keine Fremden herbringen, schrie sie dem Kürschner entgegen.

Bleibt hier, bis ich euch rufe, sagte der Kürschner und zeigte auf einen Strunk außerhalb des Zauns.

Mathis ließ den Sack zu Boden gleiten, setzte sich auf den Strunk, rückte zur Seite, um Hanna Platz zu machen. Bockig blieb sie vor ihm stehen. Von drinnen hörte man zankende Stimmen, die Alte sah böse zu ihnen hin.

Ich will zurück, sagte Hanna leise und scharf.

Nein. Wir verwildern sonst, wir werden wie Tiere. Mathis wandte ihr sein angespanntes Gesicht zu. Sie hätten gegen Gottes Gebote verstoßen, sagte er hastig, sie trügen das Übel in sich, es sei der Teufel, der nachts zu ihnen schlüpfe, sie müssten sich läutern im Gebet, mit strengem Fasten. Mathis stockte; plötzlich schlug er mit beiden Fäusten hart zwischen seine Beine und kugelte seitwärts ins Gras. Dort blieb er liegen, mit offener Kutte, sich selber verwünschend. Hanna ging zu ihm

Großstädte mit dreißig und vierzig Prozent Infizierten

und streichelte seine Stirn, seine Wangen. Mathis schmiegte seinen Kopf an ihre Hüfte. Sind es nicht die Eichen gewesen, die uns beide denselben Traum träumen ließen? Ohne zu merken, dass sie's tat, berührte Hanna den Leberfleck an seiner linken Schulter, mütterlich eher und nicht wie eine Geliebte, doch Mathis zuckte zurück, setzte sich auf, raffte die Kutte über der Brust zusammen. Einer der Hunde bellte von irgendwoher, die Axthiebe, die sie bei der Ankunft gehört hatten, setzten wieder ein. Sie blieben beide, wo sie waren, reglos; vom langen Kauern schmerzten Hanna die Oberschenkel. Eine Wespe flog zwischen ihnen hin und her, beide verscheuchten sie mit der gleichen ärgerlichen Gebärde, Bruder und Schwester, vom selben Blut. Was ist es, Großmutter, das uns einander so nahe bringt und dann wieder Fremde aus uns macht?

*In den Großstädten Kongos, Ruandas, Zaires, Ugandas gebe es, schreibt World*AIDS *Ende 1991, dreißig bis vierzig Prozent* HIV-*Positive; Josephine und ihre achtzehn Enkelkinder leben in der Kleinstadt Kyotera*

Der Kürschner kam zurück und holte sie ins Haus. Noch hatten nicht alle zugestimmt, aber die meisten. Platz gebe es genug, den müssten sich die Neulinge allerdings mit Arbeit verdienen. Drinnen begrüßte sie, nicht unfreundlich, die Frau des Kürschners, auch die Kinder getrauten sich näher und begafften die Fremden. Eine Halbwüchsige, zwei, drei Jahre jünger als Hanna, bot ihnen Erbsenbrei und Fladenbrot an, eine verwaiste Kusine, wie die Frau erklärte; die Alte draußen sei die

Mutter des Nachbarn, eines Witwers, der zusammen mit seinen Söhnen Holz schlage und bald zurückkommen werde, er sei, zu ihrem Glück, Zimmermann, ein guter, wie das Haus beweise. Der Kürschner ging ihm entgegen. Als der Zimmermann mit dem Pferd, das einen entrindeten Buchenstamm schleifte, beim Haus eintraf, war er im Bild über den Zuzug und hatte ihn gebilligt; wie die beiden Söhne hoffte auch er, dass ein Mönch – oder wenigstens einer, der lateinisch zu beten verstand – das Unheil von ihnen abwenden werde, verlässlicher als die Fledermäuse und Wildschweinklauen, die an den Türpfosten genagelt waren. Seit drei Wochen lebten sie im Wald, notfalls wollten sie den ganzen Sommer hier verbringen. Die Nachrichten aus der Stadt, die ihnen manchmal Reisende auf der Heerstraße zuriefen, waren schlecht. Immer noch wüte die Seuche, fordere drei, vier Dutzend Tote pro Tag, sie überspringe hier ein Haus, dort sogar zwei, kehre aber plötzlich zu den scheinbar Verschonten zurück. Das Siechenhaus sei überfüllt, verseuchte oder leere Häuser würden jetzt versiegelt und bewacht, damit die Kranken von den Gesunden gesondert blieben, trotzdem komme es zu Plünderungen; ihr eigenes Hab und Gut sei unterdessen wohl beschlagnahmt, gestohlen oder zerstört; dennoch hätten sie es vorgezogen, sich in Sicherheit zu bringen, statt tatenlos, wie im Gefängnis, auszuharren. Merkwürdig sei, fügte der Kürschner hinzu, dass man in der Judengasse weniger Tote beklage als anderswo; man könne nicht länger abstreiten, dass die Juden bei dieser Plage die Finger im Spiel hätten; die Obrigkeit hätte diese Wucherer niemals so lange gewähren lassen dürfen. Es war am Ende des Mahls, die Männer tranken Birnenschnaps, trübe glänzten die Becher im Licht der Öllampen. Man erhitzte sich über der Frage, wie die Juden zu überführen wären und welche Strafe sie verdient hätten; sie würden, sagte der Zimmermann, ohnehin in der untersten Hölle schmoren für den Frevel, den sie am Heiland begangen hätten; nein, widersprach der Kürschner, dorthin kämen sie erst am Tag des Jüngsten Gerichts, wenn alle Toten leiblich auferständen, und deshalb müssten sie schon zur Zeit ihres Erdenlebens gerichtet werden, denn bis zur Auferstehung daure es allzu lange.

Wie lange denn?, fragte eines der Kinder.

Das weiß niemand, sagte Mathis in die verdutzte Stille hinein.

Haben wir denn alle Platz nebeneinander, wenn die Toten wieder lebendig werden?

Dafür sorgt Gott der Allmächtige.

Aber ist es das Ende der Welt, wenn alle sterben?

Es mag das Ende sein oder nicht, sei nur brav und

lebe gottgefällig, dann erlangst du das Himmelreich, und dort weilst du ewig. Seit er getrunken hatte, gingen Mathis die Worte so rund und geschliffen über die Zunge, als habe er sie lange geübt; gebannt hörten ihm die Kinder zu.

Du redest gut, sagte der Kürschner und füllte Mathis' Becher nach. Jetzt bete für uns.

Mathis sagte das Glaubensbekenntnis auf, credo in unum Deum, laut und vernehmlich, mit wohlklingender Stimme, patrem omnipotentem, factorem coeli et terrae, visibilium omnium et invisibilium. Die Köpfe senkten sich über den Tisch, crucifixus etiam pro nobis, nur Hanna hielt sich aufrecht und blickte dem Bruder, auf dessen Wangen rote Flecken brannten, ins Gesicht. Welcher von denen, die du heute warst, bist du wirklich?

Amen, murmelte die Gesellschaft. Draußen war's finster. Sie legten sich hin, auf Felle und Laubsäcke, wie's gerade kam, aber möglichst nahe bei der Feuerstelle, denn noch immer waren die Nächte kalt. Mathis achtete trotz seiner beginnenden Trunkenheit darauf, dass zwischen ihm und Hanna andere Körper lagen.

Der Kürschner warf ihr ein großes Fell zu, es sei vom Bär, behauptete er; ob es stimmte, wusste sie nicht.

Zum Glück hätten sie noch die Notbetten von der großen Cholera-Epidemie der frühen siebziger Jahre, sagt Auguste Kadio, Chef der Abteilung für Infektionskrankheiten am 1000-Betten-Universitätsspital Treichville in Abidjan (immer häufiger werden Menschen aus ihrem Freundes- und Arbeitskreis verstoßen, wenn sie HIV-positiv sind)

Hanna schlief wenig in dieser Nacht, sie schwitzte unter dem Fell, warf es ab, begann zu frieren, zog es wieder über sich. All die menschlichen Geräusche, die peinigend wurden im Lauf der Stunden, Geschnarch und Gefurz, die Alte hustete, ein Kind wimmerte, wurde getröstet, bis wieder, für Augenblicke, Stille eintrat, doch dann höre ich deinen Atem, Bruder. Sie ahnte, dass der Kürschner sie im Dunkeln belauerte, spürte, dass er zu ihr heranrutschte mit kleinen schleifenden Bewegungen; erstarrend fühlte sie seine Hand auf ihrer Brust, seinen Schnaps- und Zwiebelatem im Gesicht, er versuchte, sich auf sie zu legen, das Hemd hochzuschieben, ihr die Beine auseinanderzuzwingen. Stumm kämpfte sie, stieß ihn weg, griff dahin, wo sein Gesicht sein musste, zog mit den Nägeln eine Kratzspur über die Haut. Mit einem unterdrückten Aufschrei rollte er von ihr hinunter, kroch zurück zu seinem Platz. Nach einer Weile hörte sie, dass er sich an jemand anderem zu schaffen machte, wohl an seiner Frau. Lass doch!, sagte sie erwachend, aber sie fügte sich rasch, der Boden vibrierte unter seinen Stößen, das Stöhnen beschleunigte sich, brach ab.

Lange lag Hanna wach, und wieder hastete sie durch Traumbilder, als der Schlaf endlich kam. Das Zelt, das sie aus anderen Träumen kennt, Kinder, und sie ist eines von ihnen, man treibt sie ins Freie, wo die Bäume voller Schnee sind, die weißen Männer versperren die Fluchtwege; nackt, mit blaugefrorenen Gliedern stehen die Kinder da, und die Männer setzen ihnen gelbe Hüte auf, fesseln sie aneinander. Hanna sieht die Nadel in einer Hand. Sie werden mich zerstechen, denkt sie und rennt davon über einen gefrorenen See, kann plötzlich fliegen, schwarze Federn sind ihr gewachsen, Rabenflügel, über Wälder gleitet sie lautlos hinweg und weiß, irgendwo, jenseits des Horizonts, wird die Großmutter auf sie warten.

Sam Ssenyonja, Josephines jüngster Sohn, starb im August, halb verhungert, auf einer Bastmatte unter dem Bild von Papst Paul dem Sechsten, und im Universitätsspital von Abidjan dämmern die Kranken auf Notbetten tage- und wochenlang dahin, entkräftet von Dauerdurchfällen und abgemagert bis auf die Knochen

Seltsam die nächsten Tage. Mathis und der Kürschner, über dessen Wange sich eine Schramme zog, gingen Hanna aus dem Weg. Auch die Frauen verhielten sich feindselig. Das änderte sich erst, als Hanna einem verletzten Kind half. Ein Holzsplitter steckte unter seinem Daumennagel, die Wunde eiterte, der Daumen drohte brandig zu werden. Wie sie's von Hedwig gelernt hatte, schnitt sie mit einem in Schnaps getauchten Messer die Wunde auf, ließ den Eiter ausfließen, stocherte den Splitter heraus, legte Spinnweb und zerquetschte Schafgarbe auf, um das Blut zu stillen. Das Kind schrie wie am Spieß, doch danach verschorfte die Wunde. Von nun an wurde Hanna zu Rat gezogen bei größern und kleinern Leiden, in ihrem Reisesack fanden sich Salben und Kräuter, die den Husten linderten, die Krätze eindämmten, bei Flohstichen den Juckreiz nahmen. In der Stadt, sagten die Frauen, gehe man dafür zu einem Bader, zahle ihm einen Hälbling oder mehr, und seine teure Medizin nütze schließlich doch nichts.

Es gab viel zu tun. Die Männer fischten und jagten, schlugen Feuerholz, brachten Laubäste heim fürs Pferd und die Schafe, die rings ums Haus zu wenig Gras fanden; die Frauen, denen das Mehl ausgegangen war, mahlten

Mais le danger c'est le sida

Korn zwischen Steinplatten, sie buken und wuschen, spannen, webten, kochten, sie nutzten jede freie Minute, um auf Lichtungen wildes Gemüse zu sammeln, Portulak vor allem, weil die Brennnesseln jetzt zu bitter wurden, die ersten wilden Möhren, die Wurzeln des Wiesenbocksbartes, den nur Hanna kannte. Beim Einnachten waren sie erschöpft, aßen, was vorhanden war. Manchmal blieb der Hunger ungestillt, dann weinten die kleineren Kinder und wollten heim, in die Stadt, wo's Kandiszucker gab und Honigmilch.

Bevor sie sich zum Schlafen niederlegten, erzählten sie einander Geschichten: ihre einzige Unterhaltung. Von bösen Geistern und wie man sie besiege, von Feen und Drachen erzählte die Alte, bis der Wald, der die Lichtung umgab, verwunschen schien; die jüngern Frauen erzählten von Liebeshändeln, von Heirat, Mitgift und bösen Schwiegermüttern; die Männer übertrumpften einander mit Zoten und derben Witzen, in denen verheiratete Frauen von Pfaffen verführt und geschwängert, tölpelhafte Ehemänner gehörnt wurden. Das Gelächter, das folgte, empfand Hanna als Angriff gegen ihr Schweigen; sie hoffte auf die scharfen Entgegnungen ihres Bruders. Der aber saß vornübergebeugt beim Feuer, mit abwesendem, leerem Gesicht, als sei er taub für die unfrommen Worte. Man rüttelte ihn, man forderte ihn auf, etwas zur Unterhaltung beizusteuern; er erzählte, halb eingeschüchtert, halb mahnend, Heiligenlegenden, jene des Bischofs von Tours, der seinen Mantel verschenkte, jene von den tausend Märtyrern, die ihres Glaubens wegen in den römischen Arenen von Löwen zerfleischt wurden, und einmal erzählte er, wohl um seine Zuhörer zu blenden, von Cluny, der gewaltigen Kirche, dem Lichterglanz, dem üppigen und doch gottgefälligen Leben der Mönche, er strich die Macht des Ordens heraus, dem er, so Gott wolle, beitreten werde, er behauptete, der Abt von Cluny, Herr über Hunderte von Klöstern, sei der mächtigste Mann der Christenheit, mächtiger als Kaiser und Papst. Ob er in Cluny gewesen sei, fragte spöttisch der Kürschner, und als Mathis verlegen verneinte, sagte er unter dem Gelächter der andern: Besuch erst einmal die Kirche des heiligen Vinzenz in Bern, die ist groß genug für einen Bettelbruder wie dich. Mathis wurde bleich, aber er erkannte die Raufbereitschaft in den Augen des andern und schwieg.

Auch Hanna schwieg, sie schwieg abendelang, sie war die einzige, die nie eine Geschichte erzählte, denn jene, die sie kannte, waren zu lang und zu verschlungen, sie handelten von geheimen Orten im Wald, von Quellen und heiligen Steinen, und Hedwig hatte ihr das Versprechen abgenommen, sie nur an jemanden weiterzugeben, dem sie vertraute. Aber Hanna hörte zu und merkte bald, dass die Regel galt, das Übel, dem sie zu entgehen hofften, aus allen Geschichten zu verbannen; Sterben und Tod wurden nur erwähnt, wenn es nicht anders ging, und dann beiläufig, als rede man von schlechtem Schlaf oder einer vorübergehenden Abwesenheit. Es ist so schwer, an Güte zu glauben, Gott, oder ist der Tod mächtiger als du? Sie verstand nicht mehr, was es heißen sollte, durch seinen Tod am Kreuz habe Christus die Menschen erlöst. Der Tod war grausam und ungerecht; wie konnte der Tod Gutes bewirken?

Sieben Tage blieben sie beim Kürschner, bis nach den Eisheiligen, die ungewöhnlich warm waren, beinahe schwül. Man fand zwei tote Ratten im Kornsack. Die Gartensaat schoss in die Höhe, langstielig und dünn, der erste Gewitterwind, sagte die Alte, würde den Mangold knicken.

Eines Morgens wollte einer der halbwüchsigen Söhne des Zimmermanns nicht aufstehen, man sah, dass er fieberte. Es kann nicht sein, sagten die Frauen und suchten angstvoll Bestätigung in den Augen der andern. Hanna wusste sogleich, was es war, ihre Erinnerung täuschte sie nicht, aber Mathis versuchte, die Zeichen zu übersehen und, wie die andern, den Augenblick, da die Wahrheit ausgesprochen werden musste, so lange wie möglich hinauszuzögern.

Jedes dritte Kind einer HIV-infizierten Mutter trage das Virus in sich, erklärt die belgische Frauenärztin Marleen Temmerman einer Gruppe von schwangeren Frauen in Nairobi

Als beim Kranken die Beulen erschienen, begannen die Männer, voller Panik, die Kinder auszufragen: ob sie bei ihren Streifzügen Fremde im Wald angetroffen hätten, andere Flüchtlinge, Fahrende, Bettler, ob sie von ihnen Nahrung angenommen hätten. Die Kinder beteuerten ihre Unschuld, auch Schläge und Drohungen förderten nichts anderes zutage. Die Männer banden sich in Weinessig getränkte Tücher um Mund und Nase und trugen den Kranken, der schon nach Fäulnis roch, hinaus auf die Lichtung, betteten ihn, außerhalb der Umzäunung, unter eine Esche, stellten einen Krug Wasser neben ihn, kehrten, nachdem sie ihre Hände im Bach gewaschen hatten, wortlos ins Haus zurück. Hanna hörte den Kranken schreien; sie schwankte lange, dann suchte sie aus ihrem Gepäck die Lilienknollen hervor, zerstieß sie im Mörser, vermischte sie mit Kamillenöl zu einer Paste, denn sie hatte bei der Pflege der Großmutter gelernt, dass ein solches Pflaster den zehrenden Schmerz in den Beulen ein wenig linderte. Sie ging hinaus zum Kranken; man ließ sie gewähren. Mathis' Gebet, in das die andern ab und zu einstimmten, verfolgte sie bis zu den Bäumen. Die Tannenschösslinge rochen nach Harz, Maiglöckchen dufteten in der Nähe. Der Schatten, in den man den Kranken gelegt hatte, war weitergewandert; er lag nun seitlings in der prallen Sonne, ein Zug Ameisen kroch über ihn hinweg. Hanna zog ihn wieder in den Schatten, befeuchtete die gesprungenen Lippen mit einem nassen Tuch, sie öffnete das von Blut und Erbrochenem besudelte Gewand, strich, so sanft sie konnte, ihre Paste auf die Beulen. Mit Wasserspritzern vertrieb sie die Ameisen; gegen die Fliegen, die sich allmählich zu einer schwirrenden Wolke verdichteten, war sie machtlos.

Der Junge starb, bevor es dämmerte. Hanna drückte ihm die Augen zu und sprach ein Gebet, das mit den Worten begann: Herr, hilf dieser armen Seele, nimm sie zu dir, dann sagte sie Verse aus Kirchenliedern auf, die ihr einfielen; allmählich ging aber ihr Singsang in halblaute Fragen über: Warum tust du das, Gott? Was hast du mit uns vor? Weder das Rauschen des Winds noch das Hämmern eines Spechts gaben Antwort darauf.

Nach langer Zeit erhob sie sich, putzte die Hände am Rock und ging langsam, mit gesenktem Kopf zurück zum Haus. Beim Zaun stand der Kürschner und versperrte ihr den Weg.

Ihr müsst ihn begraben, sagte Hanna und machte sich klein, um am Kürschner vorbeizuschlüpfen.

Weg mit dir! Du kommst mir nicht mehr herein!

Ich will mit meinem Bruder reden, sagte Hanna zornig.

Mit dem Mönchlein will sie reden?, höhnte die Alte. Den jagt auch weg, jagt beide zum Teufel! Sie haben das Übel eingeschleppt, sie und niemand anderes. Drohend humpelte sie auf Hanna zu.

Mathis, sagte Hanna, ich will meine Sachen, bring sie mir.

Und wenn er nicht käme, wenn ich allein fortgehen müsste, ganz allein, dem Wald, den Menschen preisgegeben? Endlos könnte man so stehen, in leichtem Schwindel, so dass die Bäume sich um einen drehen, nur der Kürschner ist kein Baum, ein Klotz ist er, gleich fällst du um, Kürschner, ich will, dass du fällst.

Plötzlich stand Mathis mit geschultertem Leinensack bei Hanna, er hatte auch ihren gepackt und lud ihn ihr auf.

Verschwindet, sagte der Kürschner, oder ich hetze die Hunde auf euch.

Komm, sagte Mathis, indem er Hanna am Arm fasste, und zum Kürschner: Gott helfe euch.

Amen, sagte der Kürschner.

Sie verließen das Lager; sogleich übernahm Mathis die Führung.

Wir sollten den Toten begraben, wenn niemand sonst es tut, sagte Hanna nach ein paar Schritten.

Nein, ich verbiete es dir. Ich habe für ihn gebetet.

Wohin gehen wir jetzt?

Mathis schwieg; die Festigkeit seiner Schritte spiegelte vor, er habe ein Ziel. Als wärst du nie schwach gewesen, Bruder, als hättest du dich nie kleingemacht vor der Roheit der Städter.

Wenn jedes dritte Kind an der Seuche sterbe, sagten die seropositiven Frauen zur Frauenärztin Marleen Temmerman, müssten sie umso mehr Kinder bekommen, um die Todesrate auszugleichen (aber die Mütter von Josephines Enkelkindern sind letztes und vorletztes Jahr gestorben)

Grün, alles so grün, und der Himmel leuchtet zwischen den Wipfeln; an den Raben denke ich oft, an die gesträubten Federn unter meiner Hand, ich wünsche ihm, dass er wieder fliegen lernt.

Es wurde dunkel, sie tranken an einem Bach Wasser aus der hohlen Hand. Den Weg zu den drei Eichen fanden sie nicht, doch nach einer Strecke mit lichtem Jungwald, wo sie besser vorwärtskamen, stießen sie auf die Heerstraße, die durchpflügt war von Karrengleisen. Bei einer großen Föhre setzten sie sich auf ihre Bündel, lehnten sich, an entgegengesetzter Stelle, gegen den Stamm. Eine Zeitlang war die Luft noch lau, Wildtauben gurrten in der Ferne. Füllte sich die Dunkelheit nicht wieder mit flüsternden Stimmen? Der Hunger nagte an den Magenwänden, diese Gier, den Bauch zu füllen, sie wird übergehen in Stumpfheit, in ein inneres Frieren, warten wir's ab, wir sind aufgewachsen mit dem Hunger, aber es ist die Finsternis, die die Sünden ausbrütet.

Als es kühler wurde, breiteten sie, fast gleichzeitig, ihre Mäntel über sich, sie hörten, wie der Stoff raschelte bei jeder Bewegung. Da sitzen wir, ganz ungeschützt, sehen einander nicht, und vielleicht ist es unsere letzte Nacht. Die Unebenheiten der Rinde schrieben sich ein in ihren Rücken, Geheul von weit her, es galt vielleicht dem Mond, der über den Bäumen erschien.

Wölfe sind es nicht, sagte Mathis mit seiner Troststimme, Wölfe wären nur im Winter gefährlich, jetzt erbeuten sie genug.

Glaubst du an Geister?, fragte Hanna.

Mathis schwieg. Sie nickten ein, erwachten, vergewisserten sich mit ein paar gemurmelten Worten der gegenseitigen Nähe. Ein Fuchs stand im Mondlicht vor Hanna, mit einer riesigen Ratte in der Schnauze, sie lebte noch, kleine Schauer fuhren über ihr Fell. Der Fuchs starrte Hanna an, bis sie aufschrie, da wandte er sich zum Gehen, schnürte mit seiner Beute durchs Gestrüpp davon. Der Schrei rief die weißen Männer herbei, im Halbkreis näherten sie sich Hanna, doch Mathis vertrieb sie, indem er mit einem Knotenstock auf den Boden klopfte. Manchmal finde ich wieder meinen Mut, sagte er, ich finde ihn auf dem Grund des Karpfenweihers, und er zeigte Hanna ein nasses, halb verrottetes Bündel, das seinem Reisesack glich. Hedwigs Kopf war darin, das erstaunte sie nicht, die Großmutter muss bei uns sein, sagte Hanna, wir legen sie in Salz ein, damit sie gut erhalten bleibt. Man muss sie verbrennen, schrien die weißen Männer. Ich will mich am Feuer wärmen, dachte Hanna, als sie erwachte. Aber kein Feuer brannte, fahl begann der Tag. Die Glieder und der Rücken schmerzten sie, als hätte sie tagelang Ähren aufgelesen.

Mathis war auf den Boden geglitten, in den Mantel verwickelt lag er da, in seinen Haaren hatten sich Nadeln und dürres Laub verfangen. Hanna versuchte, ihn aufzurichten, ihm Wasser aus dem Schlauch einzuflößen.

Lass mich liegen, sagte er, es ist gut so. Hanna befühlte seine Stirn, sie war kühl, ohne Schweiß.

Hast du Kopfweh?, fragte sie mit Anstrengung. Es ist nicht, was du denkst, sagte Mathis. Ich bin nur müde. Ich möchte schlafen, den ganzen Tag schlafen.

Fängt's nicht bei allen mit Müdigkeit an? Hanna schob ihren Mantel unter Mathis' Körper. Die

Feuchtigkeit darf nicht in dein Blut steigen, alles Feuchte greift dich an.

Die ersten Sonnenstrahlen fielen auf die Rinde der Föhre; das Farnkraut, an der Spitze noch zusammengerollt, schien sich zu verwandeln in grüngoldnes Licht.

Sam Ssenyonja und seine Frau, die vielleicht Elizabeth hieß, seine drei Brüder und seine drei Schwägerinnen, deren Namen wir nicht kennen

Mathis hatte die Augen zusammengekniffen wie ein Kind, das sich zum Schlafen zwingen will. Ich bin nicht krank, wiederholte er mit schwerer Zunge, nur müde. Er drehte sich auf den Rücken, schaute ins Grün hinauf, in die Wipfel, die den blanken Himmel mit ihren Botschaften bekritzelten. Hier könnte ich liegenbleiben bis zum Jüngsten Tag.

Sag das nicht, morgen stehst du wieder auf.

Wozu? Es klang, als ob er ein Lachen verschlucke. Hast du nicht gefragt, wohin wir gehen sollen?

Irgendwohin, Mathis. Warum betest du nicht mehr? Du hast dein Morgengebet vergessen.

Mathis faltete die Hände über der Brust, krampfte die Finger ineinander, lockerte sie wieder. Ich bete später, bete doch du, dein Gebet gilt gleich viel wie meines. Hanna streichelte seine Stirn; abrupt wandte er sich ab.

Ein Karren rumpelte heran, von weitem schon war das Knarren der Radachsen zu hören. Als der Treiber die Geschwister sah, brachte er den Esel zum Stehen. Hat's ihn erwischt?, fragte er grob.

Nehmt uns mit, sagte Hanna, es ist gleich, wohin. Der Treiber lenkte

Und das Grab neben den andern Gräbern, das Josephine (68) für ihren Sohn Sam (35) ausgeschaufelt hat

den Karren in größtmöglichem Abstand an den Geschwistern vorbei, mit einem Grinsen drehte er sich zu ihnen um. Gebleichtes Leinen! Er tätschelte einen der Stoffballen, mit denen der Karren beladen war. Das braucht man jetzt, die Hinterbliebenen zahlen gut, bevor sie selber dran glauben. Das Geld werfe man ihm aus dem Fenster zu, das Tuch lege er vor die Tür, so bleibe er unversehrt. Sein Lachen ging in ein bellendes Husten über, Hanna presste die Hände an die Ohren, bis seine Stimme verklungen war. Es kamen zwei Reiter vorbei, die ihren Pferden wortlos die Sporen gaben, als Hanna sie ansprach; auch ein Bauer mit seinem beinmagern Ochsen wich den Geschwistern aus.

Africa was a fucker's paradise, mais le danger c'est le sida

Gegen Mittag geschah etwas Unheimliches. Stimmen waren zu hören, das Getrappel vieler Füße, ein Singsang, dessen Worte mit jeder Wiederholung verständlicher wurden: NUN HEBET AUF EURE HÄNDE, DASS GOTT DIES GROSSE STERBEN WENDE! NUN HEBET AUF EURE ARME, DASS GOTT SICH ÜBER UNS ERBARME! Hörst du, Mathis? Hanna rüttelte den Bruder, der benommen auf dem Mantel lag, an den Schultern. JESUS, DURCH DEINE NAMEN DREI, MACH, HERRE, UNS VON SÜNDEN FREI! Eine Prozession, sagte Mathis mit schwachem Lächeln, du brauchst dich nicht zu fürchten. Hanna blickte dem Zug entgegen, dessen Spitze jetzt zwischen hellen Buchenstämmen erschien. JESUS, DURCH DEINE WUNDEN ROT, BEHÜT UNS VOR DEM JÄHEN TOD! Es waren Männer, die singend auf sie zukamen; sie gingen paarweise nebeneinander; sie trugen Hüte mit aufgenähten roten Kreuzen, Kutten aus Sacktuch, mit Stricken gegürtet; einige schwenkten Fahnen, auf denen ebenfalls das Kreuz zu sehen war. NUN HEBET AUF EURE HÄNDE, DASS GOTT DIES GROSSE STERBEN WENDE! Hanna wusste nicht, ob sie flüchten oder bleiben sollte; die Männer waren barfuß und so schmutzig, als hätten sie tage- und wochenlang im Freien genächtigt, rostrote Flecken sprenkelten die Hosen und Kutten, manche stöhnten beim Atemholen, gingen gebückt, wie unter Schmerzen; sogar die jüngern und kräftigeren schleppten sich mühsam dahin. JESUS, DURCH DEINE NAMEN DREI, MACH, HERRE, UNS VON SÜNDEN FREI! Hanna machte sich klein hinter der Föhre. JESUS, DURCH DEINE WUNDEN ROT, BEHÜT UNS VOR DEM JÄHEN TOD! Mathis hatte sich auf die Ellbogen gestützt, um die näher kommende Prozession besser zu überblicken; seine Wangen waren plötzlich wieder gerötet, die Augen glänzten wie im Fieber.

Wie viele sind es?, fragte er leise.

Ich weiß es nicht. Hundert oder mehr, sie machen mir Angst.

Steh auf, wir verbergen uns im Gestrüpp.

Sie fasste ihn unter den Achseln, um ihm aufzuhelfen, und als er bleiern, ohne eigene Anstrengung in ihren Armen hing, versuchte sie, ihn von der Straße wegzuschleifen. NUN HEBET AUF EURE HÄNDE, DASS GOTT DIES GROSSE STERBEN WENDE! Lass mich, flüsterte Mathis, wir bleiben hier, sie tun uns nichts. Zögernd bettete ihn Hanna wieder hin, versteckte sich erneut. NUN HEBET AUF EURE ARME, DASS GOTT SICH ÜBER UNS ERBARME! Jetzt hatte der Zug beinahe die Föhre erreicht, er geriet ins Stocken, als die vordersten Männer Mathis bemerkten. Sie ließen Arme und Fahnen sinken, ihr Gesang brach ab, während er weiter hinten noch ein oder zwei Verse lang fortdauerte; eine Welle von Aufregung lief durch die Reihen, von hinten drängten Männer sich vor, um zu sehen, was sie aufhielt.

Zwei Jüngere traten auf Mathis zu; ihnen folgte ein dritter mit schlecht gestutztem grauen Bart. Bist du krank?

Vier Kilo Milchpulver monatlich sowie leichte Schmerzmedikamente, solange der Vorrat reiche, für die Infizierten im Old Mulaga Hospital von Kampala

Mathis schüttelte den Kopf.

Unser Meister will mit dir sprechen. Sie wichen auseinander, der Bärtige ging zwischen ihnen hindurch. Das Haar hing ihm über die Ohren, seine Nase und ein Teil der Stirn waren von Narbenwülsten überwachsen. Er kauerte vor Mathis nieder, ergriff seine Hand, musterte ihn. Bist du allein? Hast du dich verlaufen?

Hanna kam hinter dem Baum hervor ins Sonnenlicht, in dem alles verschwamm; das Raunen im Hintergrund verstärkte sich. Ich bin seine Schwester, sagte sie. Ich weiß nicht, was er hat, die

Schwarze Krankheit ist es nicht. Unwirsch, mit einer schroffen Bewegung unterbrach sie der Meister: Du redest, wenn du gefragt wirst! Er wandte sich wieder Mathis zu: Deine Sünden quälen dich, du weißt, dass sie die Ursache der Plage sind, vor der du dich fürchtest. Komm mit uns, wir büßen gemeinsam. Er sprach weiter, sanft und verführerisch, und Mathis hörte ihm gebannt zu, unfähig zu einer Entgegnung oder einem eigenen Gedanken; nur die Angst, die sperrig in ihm gesessen hatte, verging unter dem Strom der Worte, wich dem kindlichen Behagen, dass alles gut werde, wenn er sich füge.

Dreiunddreißigeinhalb Tage, sagte der Meister, daure die Bußfahrt, das widerspiegle in Tagen die Anzahl Jahre, die Christus auf Erden verbracht habe, elf seien sie bereits unterwegs, zweimal täglich würden sie ihre Bußübungen verrichten, nirgendwo blieben sie länger als eine Nacht, auf dem bloßen Boden würden sie schlafen, das Essen erbetteln, die Kleider dürften sie weder wechseln noch waschen, das sei Teil der Buße, und trotz deren Härte hätten sie Zulauf von vielen, die das große Sterben überleben wollten, hundertsechzig seien sie nun, auch Reiche schlössen sich ihnen an, sogar Frauen, die im hintern Teil des Zuges gehen müssten, denn der Herr wolle nicht, dass die Geschlechter sich beim Bußgang miteinander vermischten.

Kein Milchpulver für Josephines Enkelkinder, nehmen wir an

Auf Mathis' Wangen brannten rote Flecken. Ich komme mit euch, ich will büßen. Er versuchte auf die Füße zu gelangen; die beiden jungen Männer stützten ihn. Auf einen Wink des Meisters hin brachte jemand einen Hut mit dem Kreuz, er wurde Mathis aufgesetzt und rutschte ihm, da er zu groß war, über die Stirn. Lächerlich siehst du aus, Bruder, wie ein Narr. Wirf dich nieder vor dem Meister, befahlen die Gehilfen. Sie halfen Mathis, sich bäuchlings hinzulegen, die Arme auszubreiten, so dass der Körper ein Kreuz bildete. Der Meister hatte plötzlich eine siebenschwänzige Geißel in der Hand, mit deren Enden er über Mathis' Rücken strich: Hast du gesündigt?

Ja, antwortete Mathis, zehnfach und hundertfach. Sein Körper bebte von unterdrücktem Schluchzen.

Dann steh auf und büße!, sagte der Meister.

Die Gehilfen griffen unter Mathis' Arme und zogen ihn hoch.

Mathis, sagte Hanna. Wie im Traum, mit kleinen abgezirkelten Schritten ging sie auf ihn zu, es schien ihr, sie gehe durch eine große lichtgefleckte Wiese voller Erdbeerstauden, dabei war's nur ein schmaler Streifen, den sie durchquerte. Mathis winkelte abwehrend den Arm an, so dass der zurückrutschende Kuttenärmel sein mageres Handgelenk

Und eine halbe Aspirintablette für Sam, bevor er starb

entblößte: Du kannst mitkommen, du hast es doch gehört.

Er drehte sich um; die Gehilfen führten ihn, ohne ein Wort zu sagen, zu den wartenden Männern. Hanna, die ihm nachschaute, erkannte ihn plötzlich nicht mehr unter den vielen Hüten.

Du kennst deinen Platz, sagte der Meister; ruppig schob er Hanna vorwärts, und sie hatte nicht die Kraft, sich zu widersetzen. Der Meister hob die Arme, die Gehilfen riefen einen Befehl, der Zug setzte sich wieder in Bewegung, die Männer begannen zu singen, NUN HEBET AUF EURE HÄNDE, DASS GOTT DIES GROSSE STERBEN WENDE, das Geräusch der nackten Füße, das Schlurfen, Trotten, Scharren, NUN HEBET AUF EURE ARME, verschwimmende Gesichter und immerzu die schwankenden Hüte mit dem Kreuz, DASS GOTT SICH ÜBER UNS ERBARME, das Kreuz auch auf den Fahnen, die sich träge über den Hüten entfalteten, JESUS, DURCH DEINE NAMEN DREI, und ein paar wenige trugen lange Kerzen, deren Flamme sie mit einer Hand beschützten, MACH, HERRE, UNS VON SÜNDEN FREI, endlos schien der Zug, jetzt möchte ich fliegen können wie der Vogel Greif, dich, Bruder, setz ich mir auf den Rücken, ich trag dich zurück ins Dorf, wo alles ist, wie's immer war, wo Hedwig den Brei rührt und die Klosterglocke läutet, nein, ich trage dich weiter, viel weiter, nach Jerusalem, ins Gelobte Land, wo Milch und Honig fließen.

Am Schluss des Zuges gingen ein paar Frauen, armselige Gestalten mit verhüllten Gesichtern, in denen nur die Augen sichtbar waren; eine, die hinkte, zog ein Kind hinter sich her. NUN HEBET AUF EURE HÄNDE, Hanna wollte stehenbleiben, aber eine unsichtbare Kraft drängte sie hin zu den Frauen, die Hinkende rückte zur Seite, so dass sie auf der Straße Platz hatte neben ihr, DASS GOTT DIES GROSSE STERBEN WENDE, eine andere reichte Hanna einen Schal, den sie um den Kopf schlang, um Mund und Nase band, im Nacken verknotete, NUN HEBET AUF EURE ARME, DASS GOTT SICH ÜBER UNS ERBARME, man geht, durch Schatten und Licht, Moos leuchtet auf, wie dunkel und dämmrig das Dickicht unter den jungen Fichten, man geht, und im Gehen versinken die Erinnerungen, JESUS, DURCH DEINE NAMEN DREI, MACH, HERRE, UNS VON SÜNDEN FREI, Rinde und Strünke wie verzerrte Gesichter, das Kind hängt weinend am Rücken der Nachbarin, JESUS, DURCH DEINE WUNDEN ROT, man geht, eingehüllt vom Gesang, BEHÜT UNS VOR DEM JÄHEN TOD, und wenn jemand aus der Reihe wankt, am Straßenrand zusammenbricht, geht man weiter, blind und taub vom Gesang, NUN HEBET AUF EURE HÄNDE, DASS GOTT DIES GROSSE STERBEN WENDE, NUN HEBET AUF EURE ARME, DASS GOTT SICH ÜBER UNS ERBARME, man geht, man durchquert den Schatten der Stämme und Wipfel, man vergisst Hunger und Durst.

Sie kamen singend aus dem Wald heraus, hügelig dehnte sich das Land vor ihnen, das Gras blühte schon, die Berge lagen im Dunst, die Wolken zerfransten in der Bläue. Der Weiler, durch den sie gingen, war verlassen, tote Kühe verwesten auf der Weide, Schwärme von Krähen flogen auf. Nur ein Hund, der im Schatten eines Holzstoßes lag, hob den Kopf und versuchte, sich zu den Menschen zu schleppen, die den Brunnen umringten und Wasser tranken. Einer der Gehilfen erschlug ihn mit einem Scheit.

Sie gingen weiter. Unbestellte Felder und Äcker, Unkraut, das in den Furchen wucherte, niedergebrannte Hecken.

Und die belgische Frauenärztin Marleen Temmerman, die am Kenyatta Hospital in Nairobi forsche, bekämpfe ihre Depressionen mit der Einsicht, dass die Afrikaner ein anderes Verhältnis zum Tod hätten als wir Europäer

Am späten Nachmittag erreichten sie Belp, das größte Dorf auf dem Weg in die Stadt. Die Kirchenglocken begannen zu läuten bei ihrer Ankunft. Ein paar Leute kamen ihnen entgegen mit Körben, die Brot und Ziger enthielten; hinter Häusern und Bäumen spähten Kinder hervor.

Sie aßen erst, dann bildeten die Männer vor der Kirche einen Kreis; die Frauen setzten sich in den Schatten einer Linde. Werft euch in den Staub!, befahl der Meister, und die Männer nahmen die Hüte ab, legten sich hin mit ausgebreiteten Armen. Bekennt eure Sünden!

Hanna horchte. War nicht Mathis' Stimme aus dem Schreien und Murmeln herauszuhören? Ja, dort lag er, ganz in ihrer Nähe, jetzt, ohne Hut, erkannte sie ihn wieder.

Jeden der Liegenden berührte der Meister mit der Geißel, sprach ihn frei von seinen Sünden, denn Jesus Christus, Gottes einziger Sohn, sei auch für ihn gestorben. Viele der Männer weinten nun; sie standen auf, als der Meister es befahl; die Geißeln, die sie hervorholten, waren aus Lederriemen geflochten, mit eingeknüpften Nägeln an ihren Enden. Die Männer legten die Oberkleider ab, entblößten sich bis zum Gürtel, die Rücken waren verschorft, von blutigen Striemen gezeichnet, nur jener von Mathis war bleich und ohne Makel.

Die Männer ordneten sich zu Paaren, gingen im Kreis herum, begannen sich singend zu geißeln; platzende Haut, Blut, das aus neuen und alten Wunden floss; in der Mitte des Kreises stand der Meister und feuerte die Büßer an.

Hanna sah, wie sich auch Mathis' Rücken blutig verfärbte, wie er zusammenzuckte unter jedem Hieb, den er sich selber versetzte. Ihr wurde schlecht, sie zog das Tuch über die Augen. Es ist bald vorbei, flüsterte die Hinkende in ihr Ohr. Gott will, dass sie zweimal büßen am Tag, morgens und abends, du wirst sehen, gleich werden wir gebraucht.

Es dämmerte, Glockengeläut kündigte das Ende der Geißelung an, der Gesang brach ab, die Büßer knieten nieder, der Meister entrollte ein Pergament. Dies sei, sagte er, der Himmelsbrief, den ein Engel, von Gott gesandt, auf dem Sankt-Peter-Altar in Jerusalem niedergelegt habe, und während die Dorfbewohner, die die Geißelung angstvoll mitangesehen hatten,

Take your dying elsewhere

ein paar Schritte näher rückten, las er laut, dass der Schwarze Tod, der die Menschen niedermähe, die Strafe Gottes sei für deren Sünden, dass allein eine

Buße, die dem Leiden Christi nahekomme, Gottes Zorn mildere, und gleichzeitig traten die Frauen, die Wasser in Eimern geholt hatten, zu den knienden Männern, wuschen, von einem zum andern gehend, ihre Wunden mit Schwämmen, trockneten sie sorgsam, bestrichen sie mit Johanniskrautöl, das die Hinkende in Tonschalen verteilte. Doch dabei durften die Männer die Frauen, die sich um sie kümmerten, nicht sehen, denn das leiseste Begehren bei ihrem Anblick hätte die Wirkung der Buße zunichtegemacht.

Dein Rücken, Bruder, so vertraut, so verunstaltet jetzt, meine Finger haben die Wirbel gezählt, beuge dich vor, ein wenig nur, aber dreh dich nicht um. Er zitterte unter ihrer Berührung wie ein krankes Tier; ununterbrochen sprach der Meister, in gleichförmigem Ton, und über der Kirche stand gelblichweiß der Sichelmond.

Die Leute vom Dorf überwanden ihre Furcht, versuchten den Meister zu berühren; achtundzwanzig Tote habe das Übel bisher bei ihnen gefordert, sagte einer, der Grundherr lasse sie im Stich, wie überall. Was sie um Christi willen tun sollten?

Betet und büßt, sagte der Meister.

Weißt du, dass ich's bin?, flüsterte Hanna. Flieh mit mir in dieser Nacht.

Mathis machte sich steif und schwieg.

In den Nacken hinauf fahren die Finger, verlieren sich im gekrausten Haar.

Amen, sagte der Meister, Amen, antworteten alle, Amen, sagte Mathis; es war das einzige Wort, das sie von ihm hörte.

Aber die Epidemie, sagte der belgische Seuchenmediziner Peter Piot, habe eigentlich noch kaum begonnen

Sie übernachteten im Freien, die Männer vor der Kirchentür, die Frauen bei der Linde. Die Leute vom Dorf hatten Stroh auf den Boden geschüttet, Decken und Mäntel gebracht, nochmals Brot hingestellt, das der Meister brach und verteilte. Ein paar Pechfackeln brannten. Hanna konnte kaum kauen, die Zähne schmerzten sie beim Beißen. Alles schmerzt, wenn ich an dich denke, Bruder. Man liegt bei andern Leibern, keiner ist warm wie deiner. So fremd und fern diese Sterne, es ist die Leere, die schmerzt, sende uns den Schlaf, heiliger Sebastian. Der Meister

Die kauernde Gestalt im Winkel des Treppenabsatzes, beim Aufgang von den Perrons zur Brücke

steht vor Hanna, riesig, die Geißel in der Hand, Hanna zappelt in seinem Griff, beißt mit aller Kraft in seinen Daumen, das herausrinnende Blut schmeckt nach nichts, und der Meister lässt sie fallen. Die Erde zittert vom Lachen der weißen Männer, zwischen ihren Beinen kriecht Hanna hindurch, und draußen, in der fahlen Nacht, wartet Hedwig auf sie; einander umarmend tanzen sie fort durchs Gras, sie tanzen um den Lindenbaum, der plötzlich blüht, und beide singen sie, singen Wörter, die Hanna nicht versteht. Andere Stimmen fallen ein; es sind die Stimmen der Toten, sagt Hedwig, solange wir tanzen, verstummen sie nicht, solange bleiben wir selber am Leben.

Den Lindenduft glaubte Hanna noch zu riechen, als sie erwachte. Es war Nacht, schwacher Mondschein; bis auf eine waren die Fackeln niedergebrannt. An Hannas Seite, halb unter der Decke, lag das Kind, es atmete rasch und geräuschvoll, rutschte, als Hanna sich bewegte, näher zu ihr hin, barg den Kopf an ihrer Brust. Behutsam rückte sie von ihm ab, erhob sich fröstelnd. Die Linde stand da wie im Traum. Hanna stieg über die Schlafenden hinweg, der Lindenduft war jetzt verflogen, aber sie berührte mit beiden Händen den Stamm, befühlte die Rinde, die wärmer war als die Nacht. Drüben, vor der Kirchenmauer, lagen die Männer, kreuz und quer, wie eingenäht in schwarze Säcke. Kein Lindenduft, zu früh im Jahr; ein anderer Geruch strich in Wellen zu Hanna hin, dumpf und säuerlich, die Ausdünstung der schlafenden Männer, nur der Gestank der Toten in der Grube war noch stärker gewesen. Keiner von euch weiß, wie man Schmerzen lindert; überall sucht ihr Feinde, und wenn ihr keine findet, macht ihr euch selbst dazu.

Hätte sich Sams Frau, die vielleicht Elizabeth hieß, ihrem infizierten Mann verweigert oder auch nur verlangt, dass er Kondome benutze, wäre sie von ihm verstoßen worden (und Josephine hätte, nehmen wir an, dazu geschwiegen)

Hanna blieb sitzen beim Baum, bis der Tag anbrach, und hörte den Vögeln zu. Über dem Belpberg rötete sich der Himmel, dann erglühten die Tannensilhouetten an ihren Rändern, die Sonne schwamm empor wie in einem Brand. Auch der kleinste Stein hob sich zu dieser Stunde vom Boden ab, der Tau funkelte auf dem Gras, zwischen zwei Halmen sah Hanna ein Spinnennetz aus silbrigen Fäden.

Ein paar Männer waren aufgestanden, klaubten Stroh aus ihren Kleidern, dehnten sich, wandten ihr Gesicht der Sonne zu. Andere gingen zur Hecke, schlugen, mit dem Rücken gegen die Frauen, ihr

Wasser ab. Jemand weinte, ein dünnes, körperloses Weinen.

Lautlos kamen Frauen aus den Häusern zum Brunnen. Die Männer, auf Abstand haltend, ließen sie gewähren, bevor sie selber Wasser schöpften, um zu trinken; waschen durften sie sich nicht. Warum, Mathis, haben hier so viele überlebt? Warum trifft es die einen und die andern nicht? Das Kind der Hinkenden, eben erwacht, sah sich nach Hanna um, stolperte durchs feuchte Gras zu ihr hin, setzte sich auf ihren Schoß und klagte, es habe kalt. Hanna rieb seine kalten Hände zwischen ihren, bis die Haut brannte, und zeigte ihm das Spinnennetz, in dem sich immer noch das Frühlicht verfing. Das Kind lächelte.

Durchseuchungsrate der Prostituierten in den Slums von Kampala: neunzig Prozent (keine Kinder, kein Mann, kein Haus, kein Land mehr, wenn sich Sams Frau, die vielleicht Elizabeth hieß, ihrem Mann verweigert hätte)

Nach den Männern waren die Frauen an der Reihe. Hanna trank gierig, obgleich das Wasser abgestanden schmeckte, weniger kühl und weniger frisch als zu Hause.

Der Meister hatte die Nacht, abgesondert von allen andern, in einem der Häuser verbracht. Er zeigte sich erst, als ein Kessel mit Haferbrei reihum ging. Die Frauen, die sich wie gewohnt abseits hielten, bedeckten bei seinem Erscheinen ihr Gesicht; sogleich forderte er die Essenden zur Mäßigung auf, seine Stimme war rauh und unangenehm laut in der Morgenfrühe. Dem kargen Frühstück folgte ein Gebet, dem Gebet eine weitere Geißelung, die jener vom Vorabend glich. Nur einer der Geißler, der sich besonders heftig schlug, übertönte plötzlich mit furchterregendem Schreien die Klagerufe der andern, er verlor das Gleichgewicht, stürzte und wand sich, mit Schaum vor dem Mund, in Krämpfen auf dem Boden. Die Gehilfen des Meisters schleppten ihn hinüber zur Mauer, die den Friedhof umgab, dort ließen sie ihn liegen und verwehrten es den Frauen, ihn zu pflegen; er sei von bösen Geistern besessen, sagte die Hinkende.

Mathis ging mit in der Runde der Geißler, und wenn sich vom Schmerz seine Augen weiteten, schienen sie doch nichts zu sehen als den zerschrammten Rücken des Vordermanns, auch Hanna sah nur noch die Rücken, eine endlose Reihe nackter Rücken mit Schorf und blutigen Striemen, und einer wie der andere schien herauszuwachsen aus Mathis' Rücken, gebeugt und geduckt, Rücken wie stumpfe und dumme Gesichter, und plötzlich war ihr Mitleid einem heftigen Widerwillen gewichen, sie wünschte sich weit weg, allein mit Hedwig im Wald, und vielleicht käme noch Mathis dazu, nicht der Geißelbruder oder der künftige Mönch, sondern der Bub mit dem unfertigen Gesicht.

Josephines Enkel und Wanda, Fixerin, HIV-positiv, die befürchtet, keine Freier mehr zu haben, wenn sie den Gebrauch von Kondomen verlangt

Schnee, warum denke ich jetzt an Schnee, Großmutter? Der Schnee, der alles zudeckt, ich stehe neben dir, schaue hinaus, Schnee, lauter Schnee, die Flocken verhüllen den Himmel, der weißgefleckte Wald, die Kappen auf den Dächern, das bleiche Land in der Dämmerung. Ich versinke im Schnee, ich helfe dir einen Weg bahnen zum Nachbarn, am Feuer wärmen wir uns nachher die Füße, ich weine, weil sie kribbeln und jucken, zum Trost gibst du mir gedörrte Apfelschnitze. Das Knirschen der Schritte, wenn der Schnee gefriert; mit einem Stock schlägt Mathis die Eiszapfen vom Dach. So kalt ist's an manchen Wintertagen, dass wir die jungen Schafe ins Haus nehmen und zwischen ihnen, nah beim Feuer, schlafen. Du kommst mir zu Hilfe, als die Buben mich mit Schnee einreiben und nicht ablassen von mir, du jagst sie weg, ich schnappe nach Luft, huste und spucke, halb blau muss ich gewesen sein. Wie behutsam und gründlich du den Schnee von meinen Kleidern klopfst, dein Faltengesicht, das sich über mich beugt. Wir leihen vom Kloster den Schlitten, um Holz zu holen im Wald, wir gleiten den Hang hinunter, du sitzt hinter mir, ich in der Mulde deines Wollrocks, immer schneller sausen die Bäume vorbei, alles hüpft auf und ab, da kippt der Schlitten, wir purzeln in den Schnee, du lachst, obgleich du dir die Hand an einer Kufe geschnitten hast; Mathis hilft dir auf die Beine, immer noch lachst du, nie wieder hast du so gelacht.

Die kauernde Gestalt auf dem Treppenabsatz, nachts, im Bahnhof Bern (hundert Franken, ich mach's auch ohne Präser, wenn du willst)

Als der Meister das Zeichen zum Aufbruch gab, blieben einige, die bisher mitgegangen waren, zurück, erschöpft, krank vielleicht; andere aus Belp schlossen sich dem Zug an. Gegen Mittag, sagte der Meister, würden sie Bern erreichen, er verlange äußerste Ordnung, alles müsse, Punkt für Punkt, nach seinem, des Meisters Willen ablaufen, der ja nur den Willen des Herrn widerspiegle. Wir büßen, damit der Welt verziehen wird, und wir wollen, dass auch jene büßen, die von altersher Schuld auf sich geladen haben, als sie Christus den Herrn töteten. Der Zug setzte sich in Marsch. NUN HEBET AUF EURE HÄNDE, DASS GOTT DIES GROSSE STERBEN WENDE! Sie gingen Hecken entlang, in denen die Hagrosen blühten, NUN HEBET AUF EURE ARME, DASS GOTT SICH ÜBER UNS ERBARME, sie folgten dem Fluss, gingen durch lichten Auwald, wo das Silbergezweig der Salweiden über dem Wasser hing, JESUS, DURCH DEINE NAMEN DREI, MACH, HERRE, UNS VON SÜNDEN FREI, Baumstämme trieben flussab, aneinander gebunden, ineinander verkeilt, JESUS, DURCH DEINE WUNDEN ROT, ganze Flöße, auf denen hier und dort einer stand mit einem eisernen Haken. Ins treibende Wasser schauen, in den gleitenden grünen Schimmer, in den Wellengischt, der dauernd zerfließt und sich neu bildet, NUN HEBET AUF EURE ARME, Hanna hielt sich fest an der Dünnen, die Arm in Arm mit der Hinkenden ging, DASS GOTT SICH ÜBER UNS ERBARME, ihre Fußsohlen schmerzten, jedes harte Auftreten sandte den Schmerz empor ins Gesäß, in den Rücken, JESUS, DURCH DEINE NAMEN DREI, und im Schmerz erwachte der Körper aus seiner Taubheit, MACH, HERRE, UNS VON SÜNDEN FREI, so viel Wasser, dieses blinde Vorwärtsdrängen, dieses Weiter und Weiter, das einen mitzieht und wegschwemmt, JESUS, DURCH DEINE

WUNDEN ROT, der Körper wie ein Holzklotz, auf den Wellen schaukelnd, haltlos, BEHÜT UNS VOR DEM JÄHEN TOD, und irgendwann bleibt er hängen im Ufergestrüpp, ein Flößer befreit ihn mit dem eisernen Haken, er schwimmt weiter, vollgesogen, halb untergetaucht.

Zwei Reiher flogen über den Fluss, mit langgestreckten Hälsen, ruhig schlagenden Flügeln, schneeweiß leuchteten ihre Bäuche, als sie vom Schatten ins Licht gerieten, NUN HEBET AUF EURE HÄNDE, Schnee, der Schnee, der alles zudeckt, DASS GOTT SICH ÜBER UNS ERBARME, Winterwälder wie weißgesprenkeltes Vogelgefieder.

Was tue ich hier?, fragte Hanna die Frauen, in deren Mitte sie ging. Wieso gehe ich mit?

Die Frauen schwiegen, der Gesang der Männer ließ keinen Raum zum Reden. Ich will, dass du mit mir kommst, sagte das Kind der Hinkenden; hurtig rutschte es vom Rücken herunter, der es gerade trug, humpelte zu Hanna und suchte ihre Hand.

Du hast recht, sagte Hanna, wohin soll ich sonst? Das Kind versuchte, Hanna hinter sich herzuziehen, es lachte und plauderte, ohne dass man's verstand, wollte aber, als es auf einen spitzen Stein trat, gleich wieder getragen werden, und diesmal

Die kauernde Gestalt auf dem Treppenabsatz, nachts, die sich vor meinen Augen einen Schuss setzt, und Marble Gillian Magezi, Aids-Beraterin in Kampala, selber HIV-positiv

ließ sich Hanna erweichen, sie lud das Kind auf, die dünnen Arme umschlangen sie von hinten, die Beine pressten sich an ihre Hüften, die Wärme seines Körpers drang durch Rock und Hemd bis auf ihre Haut.

NUN HEBET AUF EURE HÄNDE, DASS GOTT DIES GROSSE STERBEN WENDE! Die Sonne stieg höher, die Schattenflächen, die sie durchquerten, wurden spärlicher. Trockner Gaumen und Durst, Schweiß, der in die Augen rinnt. JESUS, DURCH DEINE NAMEN DREI, MACH, HERRE, UNS VON SÜNDEN FREI. Der Fluss versprach Kühle, sein Rauschen mischte sich in den Gesang, weiter vorn das Auf und Ab der Hüte, staubbedeckte Rücken, ineinanderwachsend jetzt, die Fahnen wie schlaffe Segel, JESUS, DURCH DEINE WUNDEN ROT, BEHÜT UNS VOR DEM JÄHEN TOD, dort vorn muss er sein, unter den vielen. Den Zorn ausspucken wie einen Bissen verdorbenes Fleisch, ich werde mit dir brechen, Bruder, glaub nicht, ich hätte keinen Stolz.

Bei bettlägerigen Klienten, sagt Marble Gillian Magezi, beschränke sich die Hilfe auf vier Kilo Milchpulver monatlich; auch die Waisen, sagt sie, würden sich irgendwann infizieren

Bei Muri setzten sie mit der Fähre über den Fluss, niemand wusste genau warum; der Meister, hieß es, wolle sich der Stadt von der richtigen Seite nähern, damit der Zug frühzeitig gesichtet werde. Elf- oder zwölfmal fuhr der Fährmann hin und her, stakte erst flussaufwärts dem Ufer entlang, ließ sich dann, indem er das Ruder der Strömung entgegenstemmte, schräg hinüber zum jenseitigen Landeplatz treiben. Er war noch jung; bei der Anstrengung, die vollbeladene Fähre vorwärtszubringen, bedeckte sich sein nackter Oberkörper mit Schweiß, so dass er glänzte, als wäre er mit Öl eingerieben. Die Frauen warteten auf einer Kiesbank am Ufer, bis sie, als Letzte, abgeholt wurden.

Während Wanda, HIV-positiv, Fixerin seit sieben Jahren, beim Kocherpark, der in der Nacht abgesperrt wird, auf Freier wartet, die Analverkehr ohne Gummi verlangen

Hanna fürchtete sich vor dem Schwanken; das Kind weinte und umklammerte ihre Hand. Sie setzte sich auf die Bank, die der Fährmann ihr zuwies, nahm das Kind, das sich gegen den Trost der Mutter sträubte, auf ihren Schoß. Jetzt war ihr das Wasser noch näher als vorhin, die Wellen brachen sich am Boot, ein Sprudeln und Schäumen, diese wirbelnde Tiefe, in die sich der Blick verlor, sie tauchte ihre Hand hinein, spürte den Widerstand der Strömung, sah die Wellenfurche, die hinter der Hand entstand und sich, in immer gleichem Abstand, sogleich wieder glättete, sie wagte in der Nähe des andern Ufers auf den grünen Grund hinunterzuschauen, auf die rundgeschliffenen Steine, die zu zittern schienen unter dem Wellenspiel, und als sie aussteigen mussten, bedauerte sie fast, dass die Überfahrt schon zu Ende war.

Tagesbedarf, je nach Marktlage, gegen tausend Franken für zwei bis drei Gramm Heroin und ein bisschen Kokain

Von der Anhöhe aus, die sie am frühen Nachmittag erreichten, sah Hanna zum ersten Mal die Stadt: Mauern, Wehrgänge, Türme; die ansteigenden Gassen, als habe man sie in die Häusermasse gehauen. Licht und Schatten hoben die größern Gebäude hervor; der Fluss glänzte so stark, dass er das durchsichtige Grün der Rebhänge, die zu ihm abfielen, auszulaugen schien.

Langsam bewegte sich der Zug den Stalden hinunter; die Männer ordneten sich wieder zu Paaren, ihr Gesang wurde lauter und dringlicher. Die Stadt schwamm Hanna entgegen, ihr wurde wieder schwindlig, sie pflückte eine Schafgarbe, roch daran. Trage Schafgarbe mit dir, das schützt dich vor bösem Einfluss; süßlich riecht sie, würzig, der Stengel kitzelt die Hände. Koch einen Teil Schafgarbe mit zwei Teilen Farn, der Trank nimmt dir das Bauchweh. Großmutter, so nah dürfen Dächer einander nicht kommen, zaubere mich zurück in unser Dorf. NUN HEBET AUF EURE HÄNDE, ich suche für dich das Tausendgüldenkraut, die Mariendistel,

DASS GOTT DIES GROSSE STERBEN WENDE, ich kenne die Plätze, ich weiß, wo wir die süßesten Erdbeeren finden, NUN HEBET AUF EURE ARME, wir zerdrücken die Erdbeeren in der Milch, davon bekomme ich nie genug, DASS GOTT SICH ÜBER UNS ERBARME, Großmutter, wie kannst du tot sein, wenn ich dich jede Nacht sehe, wenn deine Hände mich jede Nacht streicheln?

Hanna ging wie im Traum, die Hinkende zog sie am Ärmel und zeigte auf die Reiter, die ihnen von der Brücke her entgegensprengten. Sie beschrieben, hangaufwärts, einen großen Bogen, bevor sie den Geißlern den Weg abschnitten. Die Vordersten hielten an, der Gesang brach ab, vor den Reitern staute sich eine schweigende Menge. Die Reiter trugen Helme und Kettenhemden, sie hatten die Hände am Knauf ihrer Schwerter. Der Meister begann mit ihrem Anführer zu verhandeln. Als die Geißler ungeduldig wurden und Einzelne vorwärtsdrängten, rückten die Reiter noch näher zusammen, verschmolzen, die Sonne hinter sich, zu einem dunklen, lebendigen Wall. Die Verhandlung dauerte lange, doch plötzlich wendeten die Reiter ihre Pferde und galoppierten, einer hinter dem andern, hinunter zum Fluss, donnerten über die hölzerne Brücke und durchs Tor, das sich für sie öffnete.

Der Meister sprach ein Bittgebet; das Amen pflanzte sich nach hinten fort bis zu den Frauen, nur Hanna blieb stumm. Der Meister schien eine Zeitlang in sich hineinzuhorchen, dann gab er das Zeichen zum Aufbruch.

Sie kamen zur Brücke, doch das Tor war geschlossen, im Wehrgang über dem Bogen standen Wächter und hatten ihre Armbrüste auf die Geißler angelegt. Die Befestigungsmauern am andern Ufer verwehrten jetzt, da sie auf gleicher Höhe waren, den Blick in die Gassen, aber Leute schienen hinter dem Tor zusammenzulaufen, Stimmengewirr drang über den Fluss. Hanna sah aufs Wasser, folgte mit dem Blick den Stämmen, die vorübertrieben, so nah waren sie, dass sie das Brandzeichen erkannte, immer das gleiche, ein Dreieck in einem Kreis. Drüben, wo flussaufwärts, der Mauer vorgelagert, ein Wiesenstreifen begann, waren Fischerboote vertäut, die schaukelnd dem Reißen des Wassers widerstanden.

Lange geschah nichts, Wolkenschatten glitten über den Fluss und die Dächer. Hanna flocht zum Zeitvertreib aus Gänseblümchen einen Kranz und setzte ihn dem Kind aufs Haar. Es lachte, hüpfte um die rastenden Frauen herum, wagte sich dann zu den Männern hinüber. Einer von ihnen stand auf und trat dem Kind in den Weg, und da erkannte ihn Hanna unter seinem Hut. Mathis redete

Während Wanda H., verstoßen von ihrer Familie und längst entlassen vom Arbeitgeber, sich endlich nachts, auf dem Treppenabsatz im Bahnhof Bern, mit der Einwegspritze in die zerstochene Vene sticht

auf das Kind ein, nicht unfreundlich, aber bestimmt, er nahm ihm den Kranz vom Kopf und schickte es zu den Frauen zurück. Weinend verbarg es das Gesicht in Hannas Schoß; der Meister dulde nicht, dass man sich schmücke, sagte die Hinkende. Mathis hatte den Kranz achtlos ins Wasser geworfen; wie Schneeflocken, die sich zu schmelzen weigern, schwammen die Blumen davon, versanken gemächlich.

Nie mehr werden wir am Abend von Sankt Silvester mit Strohfackeln zum Birnbaum gehen, Bruder, nie mehr werden wir an seine Wurzeln klopfen, um ihm ein gutes neues Jahr zu wünschen, nie mehr werden wir zusammen den Raben füttern, das ist vorbei, ich weiß es jetzt.

Und all die namenlosen Fixerinnen, die nach Einbruch der Dunkelheit am Rand des Brem-

*gartenwalds stehen, wohin einst die Schweine
zum Eichelfraß getrieben wurden*

Endlich öffnete sich das Stadttor; zwei Männer traten auf die Brücke heraus, in feierlichem Ernst und doch halb gestoßen und geschoben von den Nachdrängenden. Der eine, ein Priester, trug die Tracht des Deutschen Ordens, der andere den pelzverbrämten kurzen Rock und ein rotes Barett, das ihn als Mitglied des Rats kennzeichnete. Der Meister ging ihnen, begleitet von den Gehilfen, entgegen und traf in der Mitte der Brücke mit ihnen zusammen. Der Priester richtete ein paar Worte an den Meister; dieser schien ihn mit Absicht zu übersehen, weder beugte er sein Knie noch bot er die Wangen zum Bruderkuss. Der andere entrollte ein Pergament, zeigte das Siegel und las mit lauter Stimme ein Dekret des Kleinen Rates vor, das den Geißlern verbot, die Stadt zu betreten: Mit Gottes Hilfe sei die Pestilenz beinahe überwunden; man werde zu verhindern wissen, dass sie durch Fremde erneut eingeschleppt werde. Überdies habe Papst Clemens VI. zu Avignon in einer Bulle Zusammenrottungen von Bußfertigen, die gemeinsam durchs Land zögen, als gefährliche und gotteslästerliche Verirrung gebrandmarkt. Man wolle aber, fuhr er fort, angesichts der Not der Zeit, die Geißler nicht mit Gewalt vertreiben, sondern Nächstenliebe walten lassen und sie draußen vor dem Stadttor verköstigen; danach müssten sie unverzüglich weiterziehen.

Die meisten Freier, sagt Wanda, fahren im gediegenen Schlitten vor (Audi oder BMW)

Schon bei der Erwähnung der päpstlichen Bulle hatte die Menge, die sich im Torbogen staute, gebuht; der letzte Satz ging im Protestgeschrei unter. Die Geißler am Ufer stimmten, zusammenrückend, ihr Lied an, NUN HEBET AUF EURE HÄNDE, DASS GOTT DIES GROSSE STERBEN WENDE, bewegten sich, Fahnen schwenkend und in der üblichen Ordnung, auf die Brücke zu. NUN HEBET AUF EURE ARME, DASS GOTT SICH ÜBER UNS ERBARME. Als die Spitze des Zuges zum Meister aufgeschlossen hatte, rief dieser: Gottes Wille geschehe! Der Priester und der Ratsherr, die sich dem Zug in den Weg stellten, wurden von zahlreichen Händen gepackt, JESUS, DURCH DEINE WUNDEN ROT, wurden unsanft durchs Tor zurückbefördert, wo das Gewimmel sie verschluckte. BEHÜT UNS VOR DEM JÄHEN TOD! Tatenlos schauten die Wächter zu; sie schossen auch nicht, als die Menge eine Gasse für die Geißler freigab und der Meister als Erster Stadtboden betrat. Singend marschierten die Geißler durchs Tor, durchs Spalier, das die vielen, die zusammengelaufen waren, entlang der steilen Kirchgasse bildeten.

Die Freier, die es reizt, mit dem Tod va banque zu spielen, wie einer von ihnen, der anonym bleiben will, aufs Tonband spricht (statt Brückenspringen oder Survival-Training)

Der Lärm machte Hanna benommen.

Zuhinterst ging man in aufgewirbeltem Staub; vor dem Meister knieten Frauen nieder, küssten seine Hände, berührten sein Gewand. NUN HEBET AUF EURE ARME, DASS GOTT SICH ÜBER UNS ERBARME! Hanna sah vor Inbrunst verzerrte Gesichter, DURCH DEINE NAMEN DREI, sie sah den Schimmer seidener Kopftücher, schweren Schmuck an Damenhälsen, MACH, HERRE, UNS VON SÜNDEN FREI, die Gesichter glitten an ihr vorbei, als ob sie selber jetzt, scheinbar mühelos, von einem unsichtbaren Fluss getragen werde,

Der Drogenstrich: a fucker's paradise

immer weiter getragen in die Stadt, in die engen Gassen hinein. JESUS, DURCH DEINE WUNDEN ROT, BEHÜT UNS VOR DEM JÄHEN TOD! Es roch anders als im Dorf, schärfer und stärker; Schweine, die in den Abflussgräben gewühlt hatten, flohen vor dem herannahenden Zug, es stank von den Fleischbänken der Metzger, da, eine kopfunter aufgehängte Kuh, die ausgeblutete Bauchhöhle allen Blicken preisgegeben, totes, noch ungerupftes Geflügel, an den Beinen zusammengebunden, die Federn verklebt, Lämmer mit gebrochenem Genick, gehäutete Kaninchen, JESUS, DURCH DEINE NAMEN DREI, käufliches Fleisch, um das die Fliegen schwirrten, Katzen, die unter den Bänken an Innereien fraßen, MACH, HERRE, UNS VON SÜNDEN FREI! Weiter ging's, weiter; den Geißlern wurden im Gehen Brotstücke hingestreckt, Krüge mit Wasser und Wein, all diese Gesichter, fratzenhaft, aufgedunsen, JESUS, DURCH DEINE WUNDEN ROT, vorbei an stinkenden Gerberbottichen, an Ziegelhaufen, BEHÜT UNS VOR DEM JÄHEN TOD, die hölzernen Vorsprünge der Häuser drohten über Hannas Kopf zusammenzuwachsen, der Tag verfinsterte sich, NUN HEBET AUF EURE HÄNDE, DASS GOTT DIES GROSSE STERBEN WENDE.

Und an der Quartierversammlung wird der Polizeikommandant ultimativ aufgefordert, die Drogenszene endlich zu vertreiben

Sie kamen zum gepflasterten Platz der Sankt-Vinzenz-Kirche, wo der Himmel wieder sichtbar, das Gedränge erträglicher wurde. Kein Wächter, kein Soldat ließ sich blicken; Tür und Fenster des Ordenshauses neben der Kirche waren verrammelt. In der offenen, von Säulen getragenen Vorhalle

Die Angst, dass Kinder sich mit weggeworfenen Spritzen anstecken könnten, und überhaupt der ganze Dreck

warfen sich die Geißler bäuchlings nieder, schlugen mit der Stirn dreimal auf die Fliesen; schweigend warteten draußen die Zuschauer. Dann befahl der Meister seiner Gefolgschaft, mit ihm die Kirche zu betreten; das galt auch für die Frauen.

Während young urban professionals, getreu den Gesetzen der Marktwirtschaft, die wachsende Konkurrenz auf dem Drogenstrich ausnützen und den Preis bei Wanda herunterzuhandeln versuchen

Mit dem Schritt über die Schwelle verfliegt die Dämmerung, Licht flutet durch die farbigen Fenster, Licht gleißt vom vielarmigen Leuchter, der an der Decke hängt; Lichter in den Nischen, vor den

Statuen, den Reliquienschreinen, Licht flackert über Heiligengesichter, spielt über die erbeuteten Fahnen, über die bemalten Wände, leuchtet in schrägen Vierecken auf dem Boden, flimmert in bewegten Mustern darüber hin.

Die Männer beten nach, was der Meister ihnen vorspricht. Das Amen hallt in Hannas Ohren; sie sieht das riesige Kreuz auf dem Lettner, der den Chor vom Mittelschiff trennt, gleich wird es herabstürzen, den Meister erschlagen. In all diesem Licht bete ich darum, dass die Welt anders werde. Lass mich frei, Gott, so wie ich meinen Raben freigelassen habe, schließ die unsichtbare Kette auf, die mich an diese Männer bindet. Die Bilder an den Wänden schweben im Licht; die Heilige Familie auf der Flucht, der Esel, der Maria mit dem Kind trägt, der tiefblaue Sternenhimmel im Hintergrund. Ist es Tag, ist es Nacht auf dem Bild? Die Sonne leuchtet, die Sterne funkeln, ich will frei sein, frei, warum folge ich euch noch?

Sie kehren zurück in die Vorhalle; oben auf einem Säulenkapitell tötet Sankt Georg den Drachen, die Lanze bohrt sich ins aufgerissene Maul, aber Hanna sieht nicht mehr hin, denn der Heilige hat Mathis' Züge, auch Johannes hatte sie auf dem Bild des Abendmahls.

Behüt uns vor dem schleichenden Tod oder auch nicht (die meisten Freier, sagt Wanda, haben ja eine Frau zu Hause)

Sie gingen hinaus. Auf dem Kirchplatz begann die Geißelung, der Hymnus, den der Meister anstimmte, vermischte sich mit dem Klatschen der Schläge, dem Wimmern und Schreien. Mit den andern erhob sich Hanna, um die Wunden zu pflegen, das Blut wegzuwischen. Bei manchen heilten die Wunden nur schwer, sie waren brandig geworden, eiterten und stanken trotz der kühlenden Salben. Hanna vermied es, unter den Männern nach Mathis zu suchen, es war Haut, die sie berührte, wundes Fleisch, losgelöst von Namen und Gesichtern. Die Zuschauer waren auf die Knie gefallen, manche weinten und sprachen Gebete. Man warf Blumen in die Mitte des Kreises, vor die Füße des Meisters, Blumen bedeckten allmählich die Pflastersteine, Lichtnelken, Rittersporn, Margeriten.

Es gebe, rief der Meister nach dem neuerlichen Amen, in dieser Stadt Menschen, die für ihre entsetzlichen Sünden keine Buße tun wollten, das beleidige den Herrn und stachle seinen Zorn an. Die Menge verstand ihn sogleich; eine Welle der Erregung lief über sie hinweg. Man müsse, fuhr der Meister fort, diese Menschen, die sich von der Gemeinschaft der Christen absonderten, dazu zwingen, Buße zu tun, und wenn sie's nicht täten, wenn sie sich weigerten, die Heilige Dreifaltigkeit anzuerkennen, sei es die Pflicht aller Bußwilligen und Rechtgläubigen, sie, stellvertretend für den Herrn, zu bestrafen. Nur wenn sich alle Menschen dem Herrn unterwürfen, wenn alle, ohne Ausnahme, ihre Sünden bekennten und bereuten, würde Sein Zorn besänftigt, würde Er in Seiner wiedererwachten Liebe das Übel, das Er geschickt habe und das durch die Machenschaften der Juden weiterverbreitet werde, von der geplagten Christenheit hinwegnehmen. Die Erregung machte sich Luft: Zur Judengass! Zur Judengass! Ins Feuer mit dem Jud!

Für diesen Kitzel, sagt Wanda, nehmen sie in Kauf, infiziert zu werden und ihre Frau zu infizieren (die vielleicht Elisabeth heißt)

Die Geißler stellten sich auf in der gehörigen Ordnung, die Fahnen flatterten im Wind. Ungeduldig drängte die Menge vorwärts: Ins Feuer mit dem Jud!

Hanna war aufgestanden; unauffällig wollte sie sich in der Vorhalle hinter einer Säule verstecken. Als das Kind ihr nachlief, wurde der jüngere Gehilfe aufmerksam; Leute beiseite stoßend, rannte er zu ihr, packte sie wütend, zog und schob sie, gegen ihren Widerstand, zur Stelle, wo der Meister stand.

Du widersetzt dich den Regeln, sagte der Meister und näherte sein Gesicht dem ihren bis auf eine Handbreite Abstand; seine Stirn glänzte fettig, er roch dumpf wie ein krankes Schaf. Du bist unrein. Er strich mit seinem rauhen und platten Zeigefinger über Hannas Wange.

An der Quartierversammlung die feindseligen Gesichter, als die Mutter einer aidskranken Drogensüchtigen das Wort ergreift

Ich werde dir helfen, vor Gott wieder rein zu werden. Komm heute Nacht zu mir.

Hanna schwieg.

Bindet sie, sagte der Meister, aber so, dass sie gehen kann.

Von hinten wurden die wartenden Geißler vorwärtsgeschoben, der Meister gab ein Zeichen, NUN HEBET AUF EURE HÄNDE, DASS GOTT DIES GROSSE STERBEN WENDE, Hannas Hände wurden gefesselt, der Gehilfe zog sie am Strick hinter sich her, NUN HEBET AUF EURE ARME, sie sträubte sich, stemmte die bloßen Füße aufs Pflaster, DASS GOTT SICH ÜBER UNS ERBARME, aber er war stärker als sie. JESUS, DURCH DEINE NAMEN DREI, Stolperschritte, ein Rennen beinahe, ach, wenn deine Wut sie verschlingen könnte, MACH, HERRE, UNS VON SÜNDEN FREI!

Dennoch gelang es Hanna, die Schritte zu verzögern, sie und ihr Bewacher

Das Murren, die Buhrufe, als ein rothaariger Junkie aufsteht und ins Mikrophon sagt, er warte darauf, dass ihm jemand die Hand entgegenstrecke

fielen zurück im vorwärtsdrängenden Strom, der die Häuser auseinanderzudrücken schien. Plötzlich befanden sie sich nicht mehr unter den Geißlern, sondern unter dem Volk, das ihnen regellos folgte. Eine weitere Biegung, ein niedriges Tor, die neue Gasse war finster, verwinkelt, die Menge staute sich, Kopf an Kopf, Stimmengesumm, Beschwichtigungsrufe; weiter vorn die Stimme des Meisters, die sich überschlug vor Anstrengung: Kommt heraus! Bekehrt euch, büßt für eure Sünden! Stille danach, eine Stille, die wie eine Schleimspur an den Hauswänden emporkroch. Der Meister wiederholte seine Aufforderung. Heraus, Abraham, heraus, Mendel! Heraus aus euren Löchern! Wieder blieb er still, man horchte, es war, als bestände die eng zusammengedrängte Menge aus einem einzigen

Ohr. Hier und dort brannten Fackeln in der Dämmerung; am schmalen Streifen Himmel, der zu sehen war, schien ihr Widerschein zu glühen. Dann hörte Hanna dumpfe Schläge, das Splittern von Holz, Hanna wurde vorwärtsgeschoben, zur Seite gedrückt; die Klinge einer Axt blitzte auf,

Während die Freier ihre Scheinwerfer aufblenden, um das Warenangebot besser begutachten zu können

rote Gesichter im Fackelschein, Augäpfel glänzten. Die Schläge vervielfachten sich, etwas barst ohrenzerreißend, Schreie, aus einem Fenster wurden Möbel geworfen, krachend, unter Hohngelächter schlugen sie auf. Wollt ihr euch bekehren? Wollt ihr endlich büßen? Pergamente, den Stühlen hinterhergesandt, entrollten sich im Flug, flatterten zu Boden. Wucherer! Brunnenvergifter! Fackeln flogen durch die Luft, zogen eine Feuerspur hinter sich her,

Während die kleinen Dealer (die meisten von ihnen HIV-positiv) panisch vor der angekündigten Razzia flüchten

Rauch schwärzte den Himmel, schwankende Silhouetten vor der greller werdenden Röte. Bekennt eure Sünden! Bekennt, dass ihr Gift aus Toledo bekommen habt! Bekennt, dass ihr die Christenheit ausrotten wollt! Körperlose Stimmen in der Dunkelheit, ein Jammern, von hier, von dort, als ob über das Spott- und Wutgeschrei kleine Wellen des Grauens hinwegglitten. Hier durch, hier durch mit ihnen! Man wich auseinander, eine Gruppe Juden wurde durch die Gasse getrieben, notdürftig bekleidet, die gelben Hüte schief auf dem Kopf, mit ihnen liefen ihre Schatten, Halbwüchsige rissen an ihren Kleidern, eine weinende Frau versuchte ihr Kind vor Schlägen zu schützen. Zum Fluss! Zum Fluss! Hinter den Juden schloss sich die Menge wieder zusammen, schob und drängelte hangabwärts, Hanna wurde vom Gehilfen mitgezogen, die Fesseln schnitten in ihre Handgelenke, hinter ihr brannte ein Haus, die Flammen griffen über aufs Nachbarhaus, sie hörte das Feuerhorn, die Sturmglocke begann zu läuten, doch die Menschenmasse, in ihrer Mitte die Juden, bewegte sich wie von selbst, in blinder Zielstrebigkeit an den Häusern, an den leeren Schlachtbänken vorbei, zum Fluss hinunter.

Und einer an der Quartierversammlung erklärt unter Beifall, man werde zur Selbsthilfe greifen, falls die Polizei weiterhin untätig bleibe, Stichwort Bürgerwehr

Das sind die Männer, das sind sie, ohne Masken jetzt, der Hass in ihren nackten Gesichtern, nach Lederschürzen und Gerberlohe riechen sie. Hilf mir, Großmutter, wie soll ich ihnen entgehen?

Am Fluss verteilte sich die Menge dem Ufer entlang, rauchende Fackeln wurden in den Boden gesteckt, röteten das Gras. Man schleppte, halb im Wasser, ein paar Weidlinge flussaufwärts, das Knirschen der Rümpfe über Sand und Steine. Johlend wurden die Juden in die Boote gestoßen, Rücken an Rücken aneinandergebunden, zwanzig waren's oder mehr. Sie wehrten sich nicht, ein alter Mann, dessen Gesicht blutete, betete laut auf Hebräisch, die meisten aber schwiegen stumpf und ergeben. Man brachte Reisig herbei, schichtete es in den Booten zwischen den Insassen zu mannshohen Stößen auf. Der Gehilfe, der Hanna bewachen sollte, drückte den Strick einem der Gaffer in die Hand, drohte ihm mit allen Höllenstrafen für den Fall, dass er Hanna laufen lasse, und gesellte sich sogleich zu denen, die sich in fiebriger Bewegung an den Booten zu schaffen machten. Die Nacht war voller

Geschrei, die Juden blieben verborgen hinter dem Schattengewoge, nur in rasch aufreißenden und sich wieder schließenden Lücken erschienen, wie Bilder aus einem Traum, fahl beleuchtete Gesichter, Bärte, zerrissene Kragen. Inzwischen wurde Stroh herbeigeschafft, die Männer stopften es zwischen Äste und Zweige, dort, wo es ging, unter Gelächter, auch in die Kleider der Juden, in die Ärmel, zwischen Kragen und Hals.

Plötzlich erkannte Hanna

Take your dying elsewhere

den Meister wieder, er stand am Ufer, nicht weit von den Booten, um ihn hatte sich ein freier, von Fackeln erhellter Raum gebildet. Man führte drei Judenkinder zu ihm. Sie gingen geduckt, schützten mit den Händen das Gesicht. Der Meister ließ sie vor sich niederknien, löste, indem er begütigend auf sie einredete, die Hände von ihren Gesichtern, tätschelte ihre Wangen. Er netzte die Finger im Weihwasserbecken, das ihm ein Gehilfe hinhielt, und machte das Kreuzzeichen auf der Stirn der Kinder. Ich taufe euch im Namen des Vaters, des Sohnes und des Heiligen Geistes. Amen. Peter, Paul und Magdalena werdet ihr fortan heißen, euch wird nichts mangeln, denn gute Christen werden euch aufziehen. Er betete, die Zuhörer fielen auf die Knie, in ihrem Rücken brannte der Himmel. Dann hob der Meister die Faust: Büßt! Büßt! Die Beifallsrufe schwollen an zum Freudengeheul, nur zwei, drei Fackeln brauchte es,

Bis der Polizeikommandant und der Fürsorgedirektor übereinstimmend zu Protokoll geben, man werde das Möglichste tun, um das Problem zu entschärfen

um Stroh und Holz auf den Booten in Brand zu setzen, man kappte die Taue, die rasche Strömung trug die brennenden Boote davon, hinter den Flammen, dem Rauch verschwanden die Juden. Eine Zeitlang roch's nach verbranntem Haar. Fahrt zur Hölle, sagte einer, der neben Hanna kauerte. Die Feuerhöfe, die flussabwärts trieben, spiegelten sich im Wasser. Aus Menschenglut wird Asche, graue Asche, mit der ich das Gesicht einreibe, damit mich keiner mehr sieht. JESUS, DURCH DEINE NAMEN DREI, begann der Nachbar zu singen, MACH, HERRE, UNS VON SÜNDEN FREI! JESUS, DURCH DEINE WUNDEN ROT, fuhren andere fort, BEHÜT UNS VOR DEM JÄHEN TOD! Wie gesättigte Tiere standen sie am Ufer, während die Feuerboote hinter der Flussbiegung verschwanden.

Erst jetzt kam die Wache, galoppierte über die Uferwiese heran. Der Gesang brach ab, die Leute liefen auseinander.

Stichwort: Beschaffungskriminalität

Mit den stumpfen Seiten ihrer Schwerter hieben die Reiter auf die Rücken der Fliehenden ein, aber es war ihnen nicht ernst mit der Verfolgung; nach einem kurzen Hin- und Herpreschen lenkten sie die Pferde im Kreise herum, lachten, halfen einem, der gestolpert war, wieder auf die Beine.

Und Wanda, die Gelegenheitsprostituierte, blieb, erzählt sie, besinnungslos im Morast liegen, nachdem ein Freier sie zusammengeschlagen und ausgeraubt hatte

Hannas Bewacher hatte beim ersten Zeichen der Gefahr den Strick fahrenlassen und sich wieselflink davongemacht. Hanna, in Panik, wollte erst mit gefesselten Händen den andern nachsetzen, dann sah sie, dass ein Weidling noch festgetäut am Ufer lag. Sie rannte darauf zu, watete zwei Schritte durchs Wasser, zog sich über den Rand ins Boot, duckte sich tief, den Kopf zwischen den Knien, legte sich, als der Tumult über sie hereinzubrechen schien, seitlings auf den Boden. Unterhalb der Hüfte waren die Bretter nass und schlüpfrig, beim Kopf aber, der ein wenig höher lag, noch warm vom Tag.

Sie blieb liegen, bis nach Stunden ein Passant die Sanitätspolizei alarmierte

Das Getrappel, die Stimmen verklangen. Atem holen, endlich Frieden. Grasgeruch. Der Mond schien, die Wolken in seiner Nähe wie durchsichtige Haut auf der Milch. Dass es noch so viele Sterne gab. Das Boot schaukelte leicht, drehte sich mit dem Heck gemächlich in den Fluss hinaus, schwang wieder zurück.

Hanna spürte es kaum, dass die Nässe ihren Rock durchdrang. Liegen bleiben, still werden, meerwärts treiben, ich halte dem Himmel mein Gesicht entgegen, aus den Ohren wachsen Weidenzweige, aus dem Mund Holunder, das Boot verwandelt sich in Glas, ich sehe die Fische unter mir dahingleiten, ich sehe das Meer, das nirgendwo endet.

Und eine ihrer Freundinnen, erzählt Wanda, auf der Gasse wie sie, sei vor sieben Wochen erwürgt worden, vermutlich von einem Freier

Hanna schlief ein in ihrer unbequemen Lage, mit gebundenen Händen. Mathis stand vor ihr, er trug einen Helm statt des Geißlerhuts und lächelte leer. Du bist wie die andern, sagte Hanna und stieg aus dem Boot. Du bist wie ich, entgegnete Mathis. Er drehte sich um und humpelte davon, der Holzbrücke entgegen, und jetzt sah Hanna die offene Wunde an seinem Gesäß, fingerlange Ameisen krabbelten daraus hervor, krabbelten in langer Kolonne das Bein hinunter. Halt!, rief Hanna zwischen Lachen und Grausen. Du verblutest ja. Doch Mathis humpelte weiter, und jetzt stützte ihn der alte Jude, der gebetet hatte; gemeinsam betraten sie die Brücke, die im selben Moment Feuer fing. Sie rauschte auf in hohen Flammen, in zuckenden, weithin leuchtenden Flammenbündeln, krachte brennend zusammen. Sogleich gefror, zu Hannas Verwunderung, der Fluss; übers Eis hin kollerte der Helm bis vor Hannas Füße; sie trat nach ihm, es gab einen hellen Klang, der sie aufschrecken ließ. Von weit her kündigte der Nachtwächter die fünfte Morgenstunde an.

U mängisch han i dänkt, sagt Wanda, söll i mir dr Guldig gä, odr was

Am Himmel verblassten die Sterne, Hanna setzte sich frierend auf; die Brücke gab es noch, Vögel lärmten in den Bäumen, Hähnegeschrei; die Stadtmauer, die aufsteigenden Häuser dahinter standen vor ihr wie ein Berg. Der Schmerz

Der goldene Schuss

in den Handgelenken kehrte zurück. Sie versuchte, den Knoten mit den Zähnen zu lockern, den Strick, Faser um Faser, zu zerbeißen; der Geschmack von feuchtem Hanf im Mund, von Blut. Sie stieg, mit Mühe das Gleichgewicht wahrend, aus dem Weidling, suchte am Ufer einen scharfkantigen Stein, um den Strick daran durchzuscheuern.

Als sie sich bückte, hörte sie Schritte hinter sich. Mathis, du kommst zurück, ich habe es gewusst. Gleich würde er die Hände von hinten auf ihre Augen legen und sie mit verstellter Stimme fragen, wer er sei. Es war nicht Mathis, es war ein alter Fischer, der, von den Hütten her, die an die Mauer gebaut waren, auf Hanna zukam. Er trug ein zusammengerolltes Netz unter dem Arm und starrte sie argwöhnisch an. Hanna zögerte, schätzte ab, welcher Fluchtweg der günstigste war, doch dann streckte sie dem Fischer ihre gefesselten Hände entgegen, an denen das Ende des Stricks baumelte. Der

Fischer stutzte und besah sich erstaunt die Hände. Ein Lächeln glitt über sein Gesicht, er nickte, lallte etwas Unverständliches, griff nach dem Messer in seinem Gürtel und zerschnitt mit kräftigen Rucken den Strick. Hanna massierte die geschwollenen Gelenke. Der Alte, der vor ihr stehen blieb, schüttelte bedauernd den Kopf.

Du gleichst dem alten Werner, sagte Hanna, aber der ist tot. Der stumme Alte lächelte wieder, seine braunen Zahnstummel wurden sichtbar, er steckte das Messer, an dem Schuppen und Blut klebten, zurück in den Gürtel und bekreuzigte sich.

Die meisten, die ich kenne, sind tot, sagte Hanna. Sie zögerte. Auch mein Bruder ist tot.

Und Klaus, der vierzehnjährige Bluter, der zu Hause stundenlang Schlagzeug spielt

Der Fischer watete ins Wasser, legte das Netz in den Weidling und forderte Hanna auf einzusteigen. Sie verneinte. Er kam zu ihr zurück, stieß Laute aus, die wohl freundlich gemeint waren, zog sie, abwechselnd auf die Hütten und seinen Bauch deutend, am Ärmel mit sich. Überall verzweigten sich jetzt die Möglichkeiten, schon lange ging sie nicht mehr der Bahn entlang, die einmal ihr Leben gewesen war. Morgenfeucht war das Gras, benetzte ihre Füße und den Rocksaum. Sie erkannte die Blütendolden des Baldrians und nahm sich vor, der Großmutter von diesem Standort zu erzählen, und beinahe im gleichen Augenblick empfand sie wieder den Schmerz, der alle Pläne, alle Absichten, die sie im Innersten noch mit Hedwig verbanden, zunichtemachte. Die Stadtmauer erglühte im Frühlicht, die Hütten davor schienen verlassen zu sein. Der Alte führte sie zu der einzigen, aus der Rauch stieg; Netze hingen zum Trocknen an jungen Erlen. Drinnen, im Halbdunkel, blies eine ungewöhnlich große Frau, die vor dem Herd kauerte, ins Feuer, fächelte hustend den Rauch mit beiden Händen zum Abzug hinauf; es war wohl die Tochter des alten Fischers. Als sie den Gast bemerkte, überschüttete sie den Alten mit Beschimpfungen: Was ihm einfalle, man könne nicht vorsichtig genug sein in diesen Zeiten;

Klaus, den in der Schule viele meiden, seit man weiß, dass er mit hoher Wahrscheinlichkeit an Aids sterben wird

eine hergelaufene Schlampe heimzubringen, nein, das dulde sie nicht, sie habe keine Lust, jetzt noch angesteckt zu werden, jetzt, wo man hoffen dürfe, das Schlimmste sei vorbei. Was ihm also einfalle, begann sie von neuem und richtete sich zu ihrer vollen Größe auf, ausgerechnet nach dieser schlimmen Nacht, wo der Pöbel drei Boote gestohlen habe; doch der Alte, der mehrmals versucht hatte, sie mit seinem Lallen zu unterbrechen, trat auf sie zu und schlug sie hart ins Gesicht. Sie verstummte und zog sich murrend in einen Winkel zurück.

Im Rauchfang hingen an Schnüren getrocknete Fische, die durchdringend rochen. Der Alte holte einen von ihnen herunter und gab ihn Hanna. Sie setzte sich auf den gestampften Boden, begann das zähe Fleisch zu kauen. Der Alte fuhr die Frau mit bellenden Lauten an, sie schien ihn zu verstehen, stellte widerwillig einen Wasserkrug vor Hanna hin, warf ihr eine Zwiebel in den Schoß. Hanna aß und trank mit Unbehagen; der Alte, der sich neben Hanna gehockt hatte, fuhr ihr verstohlen übers Haar. Wenn du sie behalten willst, sagte die Frau, soll sie wenigstens etwas tun. Ihr Leib verdunkelte den Ausgang; der Alte tätschelte Hannas Hand.

Nimm sie mit zum Markt, sagte die Frau, ich habe genug davon, dir die vollen Körbe zu schleppen. Geh jetzt endlich. Sie gab den Ausgang frei, der Alte bedeutete Hanna, mit ihm zu kommen. Die andere blieb in der Hütte, während Hanna, benommen vom Rauch und vom Streit, dem Fischer folgte, der zum Fluss zurückging. Einem wäre ich gefolgt bis ans Ende der Welt, einem wäre ich beigestanden bis ans Ende meiner Tage.

Und der Bischof mit dem Kindergesicht, der für alle Sünder und Sünderinnen betet, die Gott in seiner Gerechtigkeit mit der Seuche geschlagen hat

In den Weidling stieg sie nicht, aber sie setzte sich an die Uferböschung und schaute zu, wie der Fischer sich flussaufwärts dem Ufer entlangtakte, wie er das Schleppnetz auswarf, wie er langsam an ihr vorübertrieb, wie er weiter unten das Netz einholte, wie er zwei, drei Fische aus den Maschen befreite, wie er sie ins Boot warf, wie alles wieder von vorne begann, das Hinaufstaken, das Auswerfen des Netzes.

Der Weidling verschwand manchmal hinter Baumgruppen, kam wieder zum Vorschein; die Stadt in Hannas Rücken wurde lauter, die Brücke erdröhnte unter Schritten, Hufen, Karrenrädern, bei den Pfeilern stauten sich die herangeflößten Stämme, ein paar Männer zogen sie mit anfeuernden Rufen aus dem Wasser. Wenn alle, die ich sterben sah, herangeschwemmt würden, wenn die Männer sie herauszögen wie das Holz, wenn die Toten erwachen würden aus ihrem Schlaf, jetzt schon, nicht erst am Tag des Jüngsten Gerichts, dann würde ich deine Haare trocknen, Großmutter, ich ginge mit dir zurück in unser Dorf, ich habe ein Töpfchen Honig versteckt hinter dem Balken, den würden wir essen, und wir würden Weißdorn pflanzen rund ums Haus, damit die Krankheit keinen Einlass findet, alles würde ich tun, wie du mich's gelehrt hast, Großmutter.

Der Fluss, über dem die Mücken tanzten, trug Hannas Wünsche davon, doch sie kehrten wieder wie das Fischerboot, und hinter den Wünschen, sie wusste es, brannte ein Feuer, in ihm erstickten alle Schreie, aller Zorn, das Höllenfeuer gibt es auf Erden, es lodert in allen Seelen. Ein Schmetterling umkreiste sie in taumeligem Flug, setzte sich, die Flügel zusammenfaltend, auf Hannas Unterarm, sie hielt den Atem an, der Fluss schien stillzustehen.

Die Überdosis, von der Wanda manchmal spricht

Sie hauchte den Schmetterling an, er schwankte im Luftzug, breitete die Flügel aus, ein Flirren von Dunkelrot und Gelb, Hanna schloss die Augen, um nicht zu sehen, wohin er flog. Da hörte sie von weit her den Anfang des Geißlerlieds, NUN HEBET AUF EURE HÄNDE, es überlagerte für eine kurze Weile die übrigen Geräusche, DASS GOTT DIES GROSSE

STERBEN WENDE, verschmolz wieder mit ihnen, klang erneut auf, schwach und kaum verständlich, NUN HEBET AUF EURE ARME, DASS GOTT SICH ÜBER UNS ERBARME, dann entfernte es sich endgültig. Hanna war aufgestanden, sie ging ein paar Schritte in die Richtung der Töne, auf die besonnte Mauer zu, sie hielt inne und lauschte.

Wanda, die Polytoxikomanin (Shit, Schnee, Rohypnol), und Klaus, der Bluter, ganz zu schweigen von Sam Ssenyonja und seiner Frau, deren Namen wir nicht kennen

Irgendwo hinter der Mauer schwatzten Männer miteinander, Gehämmer von einer Schmiede, Lachen. Die Geißler mussten zum andern Stadttor hinausgezogen sein, nach Burgdorf wollten sie, nach Basel, das unsichtbare Feuer trugen sie mit sich, durch den Staub und durch die Wälder. NUN HEBET AUF EURE HÄNDE, das Schlurfen und Tappen der vielen Füße, DASS GOTT DIES GROSSE STERBEN WENDE, die Rücken sah Hanna vor sich, diese grauen aneinandergedrängten Männerrücken, NUN HEBET AUF EURE ARME, die grauen Kittel, die das eingetrocknete Blut verbargen, die Striemen, die Eiterstellen, DASS GOTT SICH ÜBER UNS ERBARME, geht nur, geht, so weit ihr wollt, und nehmt das

Feuer mit. Hanna streckte die Hand aus, berührte die Mauer, fuhr mit dem Finger einer Ritze entlang, in der Steinbrech wuchs, Blütenblätter so fein wie Schmetterlingsflügel, ein kaum noch spürbarer Kitzel an der Fingerspitze.

Sie kehrte ans Ufer zurück, zu ihrem Platz, der in der Sonne lag, rutschte nach einiger Zeit in den Schatten der Weide, deren Zweige tief über dem Wasser hingen. Der Weidling trieb vorbei, der Fischer winkte ihr zu. Die Sonne stieg höher. Hanna wartete. Die Frau kam aus der Hütte, stellte wortlos einen Korb neben Hanna, ging wieder zurück, ihre Schritte rauschten durchs Gras, sie war groß und breit, eine Riesin. Die Brücke stand unverrückbar in der Strömung, hielt allem Wasser stand, den Wirbeln, den Wellen, manchmal aber, bei längerem Hinsehen, war es die Brücke, die sich bewegte, und nicht das Wasser.

Seit sechs Jahren den Virus im Blut, sagt Wanda, in Horrorträumen sehe ich riesige Viren, die mit Speeren auf mich einstechen

Irgendwann landete der Alte unterhalb von Hannas Sitzplatz, vertäute den Weidling am Pfosten. Er winkte Hanna zu sich heran. Der Bug war voller Fische, viele zuckten noch, wanden sich, mit be-

benden Kiemen und aufgerissenen Mäulern, ein nasser glitzernder Haufen von Äschen, Rotaugen, Brachsen und dazwischen die langen Leiber der Aale. Der Alte bedeutete Hanna mit Zeichen, sie solle ihm helfen, den Korb zu füllen.

Irgendwo muss ich bleiben, warum nicht hier? Sie stellte den Korb ins Boot, stand, wie der Alte, mit nackten Füßen zwischen den Fischen, bückte sich, um sie zu packen und in den Korb zu werfen, das glitschige Gefühl an den Sohlen, den Händen, Flossen stachen sie manchmal, überraschend entschlüpfte ihr ein Fisch, und sie wusste nicht, ob er tot war oder lebendig. Der Alte zeigte ihr, mit welchem Griff sie den Barschen, die am längsten lebten, das Genick brechen musste. Als der Korb voll war, warf er die übriggebliebenen Fische, Gründlinge meist, ins Wasser zurück. Tot oder lebendig, jetzt treiben sie davon, zum Meer vielleicht, wohin alles treibt.

Und die Lungenentzündung letztes Jahr, die nicht mehr abklingen wollte, sagt Wanda, die auf der Gasse lebt oder bei Freundinnen und manchmal einen Teil der Nacht in der Notschlafstelle verbringt

Gemeinsam trugen sie den Korb die Böschung hinauf. Die Frau aus der Hütte, die sie erwartete, legte einen Sack darüber. Einen Hecht hast du wieder nicht erwischt, sagte sie zum Alten, der ärgerliche Laute ausstieß. In die Knie, befahl sie Hanna und stupste sie ins Kreuz. Hanna begriff erst, was man von ihr wollte, als die beiden den Korb hochhoben. Sie ließ ihn sich auf den Kopf laden, er war so schwer, dass sie schwankte, Wasser tropfte auf ihre Schultern herab, rann über die Stirn, die Wangen, den Hals entlang; ein widerlicher Geschmack, wenn sie sich die Lippen leckte, so schmeckt mein neues Leben. Der Alte nickte ihr zu, deutete zur Stadt hinauf, dann zur Brücke; sie ging hinter ihm her, wieder ein Rücken, auf den sie zu achten hatte; ihr folgte, dicht aufgeschlossen, die Frau, die sie in Gedanken die Riesin nannte. Rasch wurde Hanna müde, das Gewicht drückte sie, der Rücken verschwamm vor ihren Augen, verdoppelte und vervielfachte sich, schwankte im Rhythmus des Geißlerlieds, zu dem sich auch ihre Füße aus alter Gewohnheit bewegten, Leute überall, Kindergeschrei, Esel und Karren, Tuchballen vor Türen, eine Geschäftigkeit, in die sie eintauchte wie ein Stein.

Seit sechs Jahren das Gefühl, sagt Wanda, der Tod stehe vor mir, wenn ich die Tür öffne

Irgendwo begann eine Glocke zu läuten, fordernd und hell, immer wieder läuteten Glocken in der Stadt, man wusste nie, woher der Klang kam. Stadtauf, der Erschöpfung nahe, im Schatten der Häuserzeilen, endlich die Fischbänke, wo der Alte Hanna half, den Korb abzuladen. Ihre Knie zitterten, sie setzte sich auf den Boden, der Stadtbach schien durch ihren Kopf zu rauschen.

Und glaub mir, sagt Wanda, bevor meine Mutter mich aus dem Haus warf, hat sie fünf Jahre lang nicht gemerkt, dass ich an der Nadel hing

Die Riesin putzte die Bank mit einem Zipfel ihres Rocks, verjagte die herumstreunenden Katzen, dann legte sie die Fische aus, nach Sorte und Größe geordnet, daneben Huflattichblätter zum Einwickeln. Schon fanden sich die ersten Käuferinnen ein, umringten die Bank, sie begutachteten die Ware, verdrängten einander von günstigen Standorten. Die Riesin wog anpreisend die Fische in ihren Händen, feilschte um jeden Preis. Hanna hatte die Fische auszunehmen, wenn jemand es wünschte. Sie tat es mit Widerwillen, warf die Innereien in den Bach, der voller Unrat war, Schleim und Blut an den Händen, Fischgeruch, der sich mit der höhersteigenden Sonne verstärkte. Die Gesichter ringsum wirkten bedrückt, Hanna verstand aus abgebrochenen Sätzen, dass die Seuche wieder aufgeflammt sei, der Kleine Rat habe zwei befallene Häuser versiegeln lassen, davor ständen bewaffnete Büttel, niemand dürfe hinein, niemand heraus. Einige zogen sich wortlos zurück, als sie die Nachricht vernahmen; jene, die blieben, sagten, essen müsse man doch, zu verhungern sei ebenso schlimm wie am Schwarzen Übel zu sterben, und die Regierung tue jetzt endlich das Richtige. Wie zum Trost rückten sie enger zusammen. Die Gesichter, all diese Gesichter,

Und Klaus, der Bluter, ganz zu schweigen von Sam Ssenyonja und den Seinen

als wären sie auf eine rissige Mauer gemalt, die Kopftücher, der kalte Glanz von Broschen und Schnallen. Von den Juden sprach niemand. Wenn Gesichter Spiegel wären, die jedes Bild bewahren. Hinter einer himmelshohen Mauer gibt es das Paradies, dorthin kommen nur unschuldige Seelen. Die Riesin steckte die Münzen in den Lederbeutel, der an ihrem Hals hing, sie ließ den Tagesertrag klimpern, um sein Gewicht abzuschätzen. Auf das Gerede, das neben dem Feilschen herlief, schien sie nicht zu achten; doch ihre Bewegungen wurden hastiger. Der Alte brachte ab und zu einen Kübel Wasser herbei, den er über die restlichen Fische goss, den Geruch spülte das Wasser nicht ab. Ein kleines Gesicht, knapp über der Bank, hob sich von den andern Gesichtern ab, ein Kindergesicht,

All die Gesichter, die wir nicht kennen, die Stimmen im Park

es lächelte Hanna an, es lächelte so lange, bis sie das Lächeln erwiderte, dann schnitt es eine komische Grimasse, und Hanna ließ beinahe den Fisch fallen, den sie eben ausnahm. Die Frau, die das kleine Mädchen an der Hand hielt, schimpfte mit ihm, zog es, ohne etwas gekauft zu haben, weg von der Bank; im Gehen wandte sich das Kind nochmals um und suchte Hannas Blick. Sie fürchtete sich plötzlich. Hatte sie das Kind nicht auf einem der brennenden Boote gesehen? Oder hatte sie von ihm geträumt? Ich muss es nach seinem Namen fragen, dachte Hanna, wenn ich ihn weiß, wird alles gut; da war das Kind schon verschwunden.

Gegen Mittag, als Hanna vom Gestank übel wurde, hatten sie die Fische verkauft. Wächter patrouillierten die Gasse auf und ab. Der Alte kehrte mit einer Schnapsfahne aus der Schenke zurück. Hanna wusch sich im Brunnen oberhalb des Fischmarkts, sie ließ die Haut abkühlen, bis sie erschauerte, sie tauchte die Arme so tief ins Wasser, dass die aufgerollten Ärmel nass wurden, sie berührte das Wasser mit der Stirn. Maria, du Reine, du Gebenedeite. Wie ging es weiter? Sie begann Gebete, die sie auswendig gewusst hatte, zu vergessen, nur das Geißlerlied würde sie nie vergessen.

Hanna trank Wasser, Schluck um Schluck, mit lappender Zunge wie ein Tier, sie trank, bis ihr schien, der Magen sei prall gefüllt, das linderte ein wenig den Schmerz.

Vom Alten bekam sie Brot und getrockneten Fisch; Salzgeschmack, das Brennen im Gaumen. Sie gingen in der Mittagshitze zurück, immer dem Häuserschatten entlang; die Riesin war ihnen vorausgegangen, sie hatte es plötzlich eilig gehabt. Die Gasse war leerer als am Morgen, ein Aussätziger, der ihnen in den Weg trat, erschreckte Hanna mit seiner hölzernen Klapper, der Fischer weigerte sich, ihm ein Almosen zu geben. In der ganzen Stadt roch es nach Rauch, nach Ruß und Asche.

Und der goldene Schuss, von dem Wanda manchmal träumt, wenn wieder ein Freier von ihr heruntergerutscht ist, das Schlagzeuggedröhn, mit dem Klaus den Tod vor der Tür verscheucht

Die Frau, die für sie die Riesin war, befahl Hanna, draußen zu schlafen; sie vermied jede Berührung mit der Fremden, den Topf mit dem Essen stellte sie vor die Tür. Hanna wisse jetzt, was auf dem Markt zu tun sei; sie solle künftig allein hingehen, und Gnade ihr Gott, wenn sie auch nur einen einzigen Hälbling veruntreue oder für die Ware zu wenig verlange! Es nützte nichts, dass Hanna einwendete, sie verstehe zu wenig von diesem Geschäft. Dann solle sie's lernen, auf den Markt gehe Hanna allein, punktum. Der Alte, der ein Netz flickte, mischte sich mit Lauten ein, die im Wechsel Zustimmung und Missfallen ausdrückten; doch weder Hanna noch die Riesin achteten auf ihn. Hanna war inzwischen darin erfahren, die Zeichen der Angst zu deuten; deshalb hatte sie erwartet, verjagt zu werden, und sie wunderte sich, warum die Riesin sie bei sich behielt, sie, die Fremde, von der niemand wusste, ob sie nicht die Krankheit in sich trug. Aber wusste man überhaupt noch, wer der andere war, was er wollte, was er verbarg?

Und die hundert Stimmen im Park

Hanna gefiel es, draußen zu schlafen. Der Boden war hart, obwohl sie Gras und Binsen ausgerupft und zu einem Lager gehäuft hatte, aber ihre Decke wärmte genug, und der Sternenhimmel tröstete sie. Genau über ihr stand ein einzelner Stern, rötlich funkelnd; die Flügel ausbreiten wie der zahme Rabe, der das Fliegen wieder erlernt hat, zum Stern hinauffliegen, von dort hinabschauen auf mein Dorf; die Hütte sehe ich jetzt, die drei Eichen im Wald, die Eichenstämme, die vier Menschen nicht umfassen können, die Eichenrinde, so rauh und so zart wie die Hände der Großmutter. Hör zu, Stern, ist ihre Seele bei dir? Sieht sie mich? Sprich lauter, Stern, ich verstehe dich nicht.

Der Unrat, der Morast, die Stimmen: Sugar, Schnee, Shit, Eitsch, Geflüster, halblaute Verhandlungen in allen Tonarten der Dringlichkeit, und hin und wieder ein BMW, *der das Angebot beim Parkeingang mit aufgeblendeten Scheinwerfern abtastet*

Lärm riss Hanna aus ihrem Zwiegespräch, Stimmen hinter der Stadtmauer, ein Johlen, Trommelschläge, die misstönende Musik eines Pfeifers; ein Stampfen begann, man tanzte dort drüben, jemand sang in gequetschtem Falsett, Hanna verstand, genauer hinhorchend, die Worte: NUN HEBET AUF EUREN HINTERN, spottete der Sänger, WIE WOLLT IHR OHNE WEIN ÜBERWINTERN? NUN HEBET AUF

EUREN ARSCH UND FRESST UND SAUFT, MARSCH, MARSCH! Hanna wusste nicht, ob sie sich die Ohren zuhalten oder laut herauslachen und mittanzen sollte,

Und der Mittelklassewagen, in den Wanda nach kurzem Zögern einsteigt

seit letztem Sommer hatte sie nie mehr getanzt. JESUS, DURCH DEINE NAMEN DREI, MACH, HERRE, UNS VOM DURSTE FREI! JESUS, DURCH DEINE WUNDEN ROT, LASS UNS SCHEISSEN AUF DEN TOD! Geschrei, ein Krug zerbarst, die Pfeife gellte in den höchsten Lagen, von mehreren Stimmen wurde das Lied wiederholt und abgewandelt.

Hanna blieb liegen, wo sie war, hüllte sich fester in ihre Decke und schaute zur Mauer hinüber, auf der schwacher Mondschein lag. Der Lärm verklang, die Mauer wurde durchsichtig, schien sich zu bauschen wie ein Vorhang im Wind, durch ihn hindurch trat das Kind vom Markt, es hatte ein schwarzes Gesicht, um das ein heller Schimmer war, lächelnd kam es auf Hanna zu und fasste nach ihrer Hand. Hanna ging mit ihm übers Gras zur Mauer. Die Leute dahinter zechten und sprangen umher, aber kein Ton war zu hören. Hanna wusste, dass ihr nichts Böses geschehen konnte, solange das Kind bei ihr war. Sie gingen durch enge, menschenleere Gassen, Tiere kreuzten lautlos ihren Weg, Katzen groß wie Kälber, verwahrloste Hunde. Es war Nacht und doch halb Tag. Der Schatten eines Raben

Das vielstimmige Geflüster der Süchtigen, die halblauten Anpreisungen der Dealer

glitt über sie hinweg, auf dem Judentor ließ sich der Rabe nieder, als würde er sie erwarten; die Juden breiteten vor den Türen ihr Bettzeug aus, sehr viele Leute kamen herbei und legten sich hin, und die Juden bewachten den Schlaf ihrer Gäste. Am Ende der Gasse erschien ein Priester in vollem Ornat und schwenkte den Weihrauchkessel, die Dächer schlossen sich über ihren Köpfen zusammen wie ein großes Kirchendach. Das Kind führte Hanna zwischen den Schlafenden hindurch zu einer Marienstatue, vor der Kerzen brannten. Hanna wollte niederknien, dabei warf sie eine Kerze um, sogleich geriet die Statue in Brand, das Gesicht der Jungfrau verglühte, verkohlte, rasend schnell griff das Feuer um sich, erfasste die Häuser, die Gasse, den Himmel. Hanna stand mit dem Kind inmitten der Feuersbrunst, unberührt von der Hitze. Es ist der Weltenbrand, sagte das Kind, und dieses Wort zerschlug die Stille;

Wohin sollen wir denn, wohin?, fragt Wanda, neunundzwanzig, bei der erste Anzeichen darauf hindeuten, dass der Virus aktiv geworden ist

ein unerträglicher Lärm brach über Hanna herein, das Knattern und Brausen des Feuers, die Schreie der Opfer. Ihr eigener Schrei weckte sie aus dem Traum, sie lag zitternd im Gras, die Decke um sich gewickelt, noch war's finster, die Stadt schlief, es dauerte lange, bis sie sich zurechtfand, bis sie ihren Stern erkannte, die Umrisse der Hütte, die dunkle Masse der Mauer. Der Alte schnarchte in der Hütte, der Fluss rauschte. Der Weltenbrand. Das Wort kreiste in ihrem Kopf, ein Feuerwort, machte ihn zum Zerspringen heiß. Wer löscht den Weltenbrand? Wer kann ihn löschen? Nicht die Maskenmänner haben ihn gelegt, ich bin's gewesen. Ich. Nein, nicht ich.

Hanna arbeitete, wie ihr befohlen wurde; was mit ihr geschah, kümmerte sie kaum, sie sorgte sich um das Kind. Auf den Markt kamen nur noch wenig Leute; man sagte, die Schwarze Pestilenz fordere wieder täglich so viele Tote wie auf ihrem ersten Höhepunkt; es hieß, der Kleine Rat lasse jeden Fremden, der die Stadt betreten wolle, auf die Heilige Schrift schwören, dass er nicht aus einer verseuchten Gegend komme; auch die Abhaltung des Marktes, sagte man, werde bald wieder verboten.

Die Wacholderfeuer brannten Tag und Nacht, beißender Rauch trieb durch die Gassen und schwärzte die Fassaden. Leichen sah man nicht, ein Erlass des Kleinen Rates gebot, sie frühmorgens, eingenäht in ein festes Tuch, vor die Tür zu legen; das galt auch für die bewachten Häuser, die einzig zu diesem Zweck geöffnet werden durften. Vermummte Kärrner

Und das rhythmische Dröhnen und Scheppern, das Klirren und Klingeln des Schlagzeugs, das

Klaus, vierzehn, Bluter und HIV-*positiv, bearbeitet, wenn er sich stundenlang in seinem Zimmer einschließt*

holten die Leichen ab, begruben sie vor den Mauern der Stadt. Man sagte, die Knechte, die sonst die Abortgruben säuberten, würden zu diesem Dienst gezwungen, wer sich weigere, müsse in den Turm oder werde aus der Stadt verjagt.

Wenn sich einmal mehr als drei, vier Leute vor Hannas Fischbank versammelten, trieben bewaffnete Wächter sie auseinander.

Aber die Namen, die wir nicht kennen, und die Namen, die wir vergessen haben

Dennoch sah Hanna an zwei aufeinanderfolgenden Tagen das Kind; ob die Frau, an deren Hand es ging, seine Mutter war, fand sie nicht heraus.

Das Kind lächelte Hanna zu, als wären sie längst miteinander vertraut, seine Begleiterin prüfte die Fische, wählte jeweils den fettesten aus; ihrer Absicht, den Preis so weit wie möglich herunterzuhandeln, erlag Hanna ohne großen Widerstand; das kleine Gesicht, das zu ihr aufsah, lenkte sie von allem Übrigen ab.

Beim zweiten Mal beugte sie sich zum Kind hinunter und fragte, wie es heiße. Das Kind lachte auf, schüttelte, als Hanna die Frage wiederholte, den Kopf und rannte davon, alle paar Schritte schaute es sich um, als fordere es Hanna auf, ihm zu folgen. Es war aber seine Begleiterin, die unwirsch die Verfolgung aufnahm; den Fisch, den sie bezahlt hatte, ließ sie liegen.

Fünfhundert ohne Gummi, sagte kürzlich einer zu Wanda; wer kann da widerstehen?, fragt sie mich

Hanna erkundigte sich, wer die Frau mit dem Kind sei, wo sie wohne. Es sei die Magd des Herrn von Gysenstein, erfuhr sie, man beschrieb ihr den Weg zu dessen Haus. Hanna kämpfte eine Weile mit sich, dann schickte sie einen Jungen mit dem Geldbeutel zur Riesin und ließ ihr ausrichten, sie komme nicht mehr zurück. Sie lud den leicht gewordenen Korb auf den Kopf und ging in der angegebenen Richtung davon. Die Gassen waren nahezu entvölkert; wer Hanna dennoch begegnete, wich ihr aus. In einer Gasse, in die sie einbog, hingen gegerbte Felle zum Trocknen, das Abwasser, das ihr träge entgegenrann, war rot gefärbt. Ein alter Mann saß auf einem zusammengeschnürten Fellhaufen; Hanna fragte ihn nach dem Haus des Herrn von Gysenstein. Nirgendwo, nirgendwo, sang der Alte, doch eine Stimme, die aus dem dunklen Hauseingang kam, gab ihr die Auskunft, die sie brauchte. Von jetzt an war es, als ob ihre Füße den richtigen Weg von selber fänden.

AZT, *das die Immunschwäche mildere, sagt Wanda, nehme sie nicht mehr ein, obgleich es die Krankenkasse vermutlich noch monatelang bezahlen würde;* AZT *greife das Knochenmark an, die Leber*

Ihre Füße fanden die richtige Gasse, das richtige Haus. Sie klopfte an die Tür unter der Laube, sie klopfte heftiger, sie wartete ungeduldig, an ihren Knöcheln saugend, bis die Tür sich öffnete und im Spalt das Gesicht der Magd erschien. Was willst du?, fragte sie. Hanna streckte ihr den Fisch entgegen, den sie vergessen hatte, eine Barbe, sorgsam ins Huflattichblatt gewickelt, und horchte zugleich ins Hausinnere. Die Magd, mit dem Fisch in den Händen, murmelte unwillig einen Dank und wollte die Tür, die sie ganz geöffnet hatte, wieder schließen, da fragte eine aufgeregte Männerstimme vom obern Stock: Wer ist es?, und die Magd antwortete: Ach, niemand, während Hanna unwillkürlich, als sei die Frage an sie gerichtet, ihren Namen sagte.

Diese schrecklichen Nebenwirkungen und lieber der goldene Schuss, wenn's dem Ende zugeht

Ist sie krank?, fragte die Stimme. Will sie ein Almosen? Schritte knarrten auf der Treppe, dann stand, die Magd beiseitedrängend, der Mann vor Hanna, zu dem die Stimme gehörte. Er war noch nicht alt, sehr bleich, er hatte zerlegenes Haar, das von den Ohren abstand, er trug eine pelzverbrämte Samtjacke, die zu groß schien für seinen magern Körper. Mit ängstlicher Aufmerksamkeit musterte er Hanna und ließ seine Blicke die Gasse hinauf- und hinunterwandern.

Bist du allein?, fragte er.

Hanna nickte.

Dann komm herein. Zögernd trat Hanna über die hohe Schwelle in den Flur; die Magd war inzwischen verschwunden.

AZT *gegen den Retrovirus, Heroin gegen die Wirkung von* AZT, *das ist absurd, sagt Wanda*

Der Mann schloss sogleich die Tür; im Halbdunkel packte er Hanna beschwörend am Arm; von oben waren Kinderstimmen zu hören, aber auch ein Stöhnen.

Hör zu, sagte der Mann, meine Frau ist krank,

ich brauche eine Pflegerin, die Magd will es nicht tun, und ich verstehe nichts von diesen Dingen.

Seine Stimme klang verzweifelt, und er kniff, ohne es zu merken, in Hannas Arm.

Seit wann ist sie krank?, fragte Hanna.

Seit letzter Nacht. Ich bin der Junker von Gysenstein, ich zahle gut. Bist du bei irgendwem im Dienst? Dann kaufe ich dich los.

Hanna entzog ihm den Arm, brachte einen Schritt Abstand zwischen ihn und sich. Und das Kind?, fragte sie.

Das Kind? Der Mann rieb seine Hände aneinander, als ob er friere. Welches Kind? Ich habe fünf.

Sind sie alle da?

Nur zwei. Die andern sind auf dem Gut geblieben. Wollte Gott, ich hätte es meiner Frau verboten, in die Stadt zu kommen. Sie wollte Stoff einkaufen, sie liebt es, sich herauszuputzen,

Und denk doch, sagt Wanda, an all die, die sich so wahnsinnsteure Medikamente nicht leisten können

und jetzt ist sie krank. Aber die Ärzte weigern sich, nach den Kranken zu sehen. Was für Zeiten! Du hast ein gutes Gesicht, du hilfst mir, nicht wahr? Flehend und befehlend zugleich, mit einem nervösen Zwinkern schaute er sie an. Gut, sagte Hanna, ich bleibe hier, sie spürte in der Kehle ein heißes Gefühl, das ihr das Sprechen schwermachte.

Dann stehst du jetzt in meinem Dienst. Der Junker umklammerte ihr Handgelenk. Hör zu, sagte er, die Stimme senkend, niemand darf wissen, dass es in diesem Haus eine Kranke gibt.

Hanna nickte.

Schwöre es! Er hob Hannas Schwurhand auf Augenhöhe empor.

Ich schwöre es bei Gott, dem Vater, seinem eingeborenen Sohn und dem Heiligen Geist, sagte sie, indem sie die Schwurfinger spreizte und sich mit der freien Hand bekreuzigte.

Der Junker ließ sie aufatmend los. Weißt du, was geschieht, wenn es die Büttel erfahren? Sie sperren das Haus zu, sie lassen uns hier verenden wie die Tiere. Komm jetzt.

Oben im größern Zimmer lag die Kranke, im andern spielten, hinter angelehnter Tür, die Kinder; sie schienen zu streiten, lachten plötzlich laut und atemlos.

Und es bewirkt, sagt Wanda, sowieso nur einen Aufschub. Also, was soll's

Der Junker achtete nicht auf sie, er führte Hanna, die stehengeblieben war, ans Bett seiner Frau. Hanna sträubte sich gegen seine Eile, sie bestaunte das geräumige Zimmer, die Bodendielen, den Kachelofen, die in Blei gefassten Butzenscheiben, das Bild von Papst Paul dem Sechsten, das an der Wand hing. Auch hier gab's eine Truhe, sogar zwei Stühle, über deren Lehnen Frauenkleider hingen.

Ihr seid reich, sagte Hanna zum Junker.

Andere sind reicher, erwiderte er ärgerlich. Er beugte sich über die Kranke, und sein Ausdruck wurde angstvoll und besorgt.

Schau sie dir an. Was braucht sie? Ich weiß nicht, ob Beten nützt, ich habe den ganzen Morgen gebetet, ich stifte zehn Messen, wenn sie gesund wird.

Die Kranke lag schwer atmend, mit geschlossenen Augen unter einer Federdecke; Samtkissen, die der Junker ungeschickt zurechtschob, stützten ihren Kopf; die Haare breiteten sich strähnig darauf aus. Sie schwitzte, ihre Lippen waren gesprungen, die Züge unnatürlich gespannt. Hanna fühlte ihr den Puls, sie schien wie zurückversetzt an Hedwigs Totenlager.

Dieses pochende Handgelenk, dieses Vogelhaft-Leichte, das sie am Schluss, erlöst von allen Schmerzen, gehabt hatte, die Magerkeit ihres Körpers unter dem dünnen Hemd. Und der Gang zur Grube mit ihr, der Anblick der übereinanderliegenden Toten, den sie für immer hatte vergessen wollen.

Die Erinnerungen fielen wie ein Sturzbach über Hanna her, die Melodie des Geißlerliedes klang durch die Bilder hindurch, die brennenden Boote trieben vorbei, und die Gesichter, die hinter den Flammen verschwanden, gehörten, obgleich sie wusste, dass es anders gewesen war, der Großmutter und Agathe, sie gehörten der Hinkenden und ihrem Kind, sie gehörten allen, die sie je gekannt hatte.

Und Klaus, vierzehn, spielte Schlagzeug an der Beerdigung eines Cousins, der, zwei Jahre älter als er und ebenfalls Bluter, an der Immunschwäche starb

Der Junker berührte Hannas Ellbogen. Ist dir nicht gut?

Hanna, um die sich das Zimmer drehte, setzte sich auf den Bettrand. Nur ein Schwindel, das ist rasch vorbei. Sie faltete die Hände im Schoß. Der Junker deutete auf ihre Knöchel. Wo hast du dich verletzt? Hanna schwieg.

Die Kranke tastete mit beiden Händen über die Federdecke, krallte sich ein paar Atemzüge lang an Hannas Rock fest, dann erschlaffte sie, die eine

Hand glitt wie ein überflüssiges Gewicht über die Bettkante.

Wird sie sterben?, fragte der Junker.

Hanna schob ihre Hand in den Hemdausschnitt der Kranken und tastete die schweißnassen Achselhöhlen ab. Heute nicht, antwortete sie.

Morgen? Übermorgen?, fragte der Junker.

Ich weiß es nicht.

Tu dagegen, was du kannst. Safran soll helfen, habe ich gehört, Safran mit Eidotter vermischt. Die Magd wird dir Safran besorgen.

Safran habe ich noch nie gebraucht, sagte Hanna mit einem Anflug von Trotz.

Tu, was du willst. Der Junker ging hinaus, Hanna hörte seine Stimme draußen, die hellen der Kinder. Das Licht, das durch die Butzenscheiben fiel, zeichnete weiche Schatten ins Gesicht der Kranken. Auf dem Boden lag ein kleiner Seidenteppich mit Blumenornamenten. Tausendgüldenkraut, Wegerich, Königskerze, wo finde ich euch? Wo blüht ihr jetzt?

Und Klaus komponierte für seinen Cousin, der, wie er, über lebensnotwendige Bluttransfusionen mit dem Aids-Virus infiziert wurde, ein Requiem für Schlagzeug solo, ein Requiem, das vielleicht auch Wanda an ihrem Begräbnis gespielt haben möchte, wild und zornig

Den ganzen Nachmittag blieb Hanna bei der Kranken. Sie flößte ihr Wasser ein, später Holundertee und saure Milch, die sie aber sogleich erbrach; sie kühlte ihre Stirn mit Kamillenöl; als das Fieber stieg, machte sie ihr Essigwickel.

Die Magd brachte Hanna, was sie wünschte, wenn auch widerwillig und schleppend. Im Haus war Vieles vorhanden, wie Hanna bald merkte; anderes ließ der Junker holen, auf heimlichen Wegen, damit niemand auf den Gedanken kam, sein Haus sei von der Seuche befallen.

Die Stunden vergingen. Von draußen hin und wieder das Rumpeln von Karrenrädern, die Anpreisungen eines Ausrufers, ein Hämmern und Stampfen von weit her, sonst nichts. Der Tod ist in der Stadt und reitet durch die Gassen auf dem Untier, für das es keinen Namen gibt, auf dem Untier, das die Menschen mästen mit ihren Sünden. Es wurde dunkler. Etwas raschelte, Hanna drehte sich um. Da stand das Kind, ihr Kind, mit einem Öllicht in der Hand, hinter ihm, halb im Schatten und einen Kopf größer, das zweite. Das Gesicht des kleinern war hell beleuchtet vom flackernden Schein; diesmal blickte es ernst, beinahe vorwurfsvoll. Es stellte das Lämpchen ans Kopfende des Bettes, vermied es aber, die Mutter anzusehen, deren Atem rasselte.

Damit du Licht hast, sagte das Kind.

Wie heißt du denn?, fragte Hanna. Sag's mir jetzt.

Hildi, sagte das Kind.

Ich heiße Samuel, sagte sein Bruder, der auf der Schwelle stehengeblieben war. Der Vater sagt, du machst die Mutter wieder gesund.

Und wenn sie nicht gesund wird, holen sie die Engel, sagte Hildi, und dann ist sie im Paradies und hört Musik den ganzen Tag, und zum Essen bekommt sie Lebkuchen, zum Trinken Honigmilch.

Du bist dumm, sagte der Ältere, das weiß nur der liebe Gott, ob er sie ins Paradies einlässt oder nicht.

Ich weiß es auch, sagte Hildi und zupfte an ihrem blauen Kleidchen herum.

Wir müssen beten für die Mutter, sagte Samuel, und für alle andern im Haus. Und wenn wir eine Kröte finden, nagelt Josefine sie an die Tür, das vertreibt die Krankheit.

Wir dürfen niemandem sagen, dass die Mutter im Bett liegt, fuhr Hildi fort. Gar niemandem. Und wenn wir's trotzdem tun, sperrt uns der Vater in die Besenkammer. Die Stimme der Magd rief die Kinder zurück, und als sie nicht sogleich gehorchten, mischte sich grollend der Junker ein, und die Kinder verließen auf den Zehenspitzen das Zimmer. Zum Abschied glitt ein zaghaftes Lächeln über Hildis Gesicht.

Die Mutter hatte ihre Kinder nicht erkannt, später erbrach sie Schleim. Hanna säuberte sie, wusch das Betttuch aus. Es war nicht aufzuhalten, sie kannte die Zeichen, jedes der Reihe nach. Füge dich. Büße. Nein, das tue ich nicht, ich kämpfe gegen die Krankheit, solange ich kann.

Bei Aids-Kranken, sagt Klaus, gehen die T-Zellen zugrunde, obwohl das Virus nur jede zehntausendste infiziert, und dann, nach der dritten oder vierten Lungenentzündung, sagt Klaus, wird mein Gaumen vermutlich von einem Pilz befallen

Die Magd stellte als Abendmahl einen Topf Rübenmus herein, sie brachte Kissen und Decken, damit Hanna sich ein Nachtlager richten konnte, sie zeigte ihr, wie man die Fenster öffnete; dabei vergewisserte sie sich, dass sie ihr nicht zu nahe kam, ebenso mied sie die Nähe des Bettes.

Als sie gegangen war, blieb Hanna beim offenen Fenster stehen; es roch erstaunlich stark nach Dung und nach Tieren. Das Haus stand am Rand des Felssporns, nichts behinderte die Sicht gegen Süden. Fahle Wolken am Himmel. Drunten war der Fluss zu sehen, schwarzes Wasser, das durch dämmrig graue Wiesen floss, ein paar Lichter am baumgesäumten Ufer, dort lag die Riesin und träumte von der entlaufenen Gehilfin. Jenseits des Flusses der schroff ansteigende Hang, der Hanna ans Dorf erinnerte. Man geht und geht. Man überquert den Fluss, man geht einen Tag lang durch den Wald, die Äcker, auf denen das Korn hüfthoch stehen muss, die Schafweiden, die Hecken, die Zäune;

Und das Kaposi-Sarkom, sagt Klaus, eine Art Hautkrebs, der den Oberkörper bedeckt (an einen Impfstoff, der rechtzeitig entwickelt werde, glaube er nicht und auch nicht an Jesus Christus)

Hanna ging über vertraute Wege zum Brunnen, zu den Nachbarn. Aber niemand grüßte sie, die Häuser waren ausgestorben, tote Tiere überall. Nie mehr würde das Dorf wie ehemals sein.

Die Kranke warf sich hin und her, ihr war nicht mehr zu helfen. Hanna legte sich neben die Bettstatt. Sie betete aus alter Gewohnheit zur Heiligen Jungfrau, sie deckte sich zu, der Stoff der Decke fühlte sich kostbarer an als alles, was sie je berührt hatte; an den verschollenen Bruder wagte sie nicht zu denken.

In der Morgendämmerung schlüpfte das Kind zu ihr herein. Hanna war wach und freute sich, eigentlich hatte sie die ganze Nacht darauf gewartet. Das Kind, im weißen Unterhemd, halb im Schlaf, wollte zuerst ins Bett der Mutter klettern; als die Kranke sich bewegte und einen klagenden Laut von sich gab, wich es zurück, blieb reglos vor dem Bett stehen.

Komm zu mir, flüsterte Hanna. Sie lüftete die Decke, das Kind schlüpfte neben Hanna unter die Decke und kuschelte sich an sie.

Der Vater, flüsterte es, hat gesagt, wir dürfen nicht mehr zu dir und der Mutter gehen.

Und warum bist du trotzdem gekommen?

Weil ich will. Ich mag nicht bei Josefine liegen. Du bist schöner als sie. Ich muss lieb sein zur Mutter, hat der Vater gesagt. Sonst wird sie noch kränker, und du machst sie nicht gesund. Hanna, auf der Seite liegend, damit ihr kein Wort entging, legte den Arm ums Kind; sie lagen fast Gesicht an Gesicht, seine Nasenspitze war kalt, aber ein warmer Hauch streifte ihre Wangen. Deine Mutter geht weg von hier, sagte Hanna leise, und du kannst nicht mit.

Dann muss ich aber weinen, sagte das Kind. Ich habe doch gemeint, die Engel holen sie.

Vielleicht ist es so, aber das sehen wir nicht.

Wenn's mir verschissen geht, sagt Wanda, stelle ich mir manchmal vor, dass mich Jesus Christus, wenn er noch lebte, umarmen würde

Das Kind fingerte, während Hanna seinen Nacken streichelte, in ihren Haaren herum. Aber wenn die Mutter tot ist, habe ich dann dich?

Hanna nickte entschlossen, ihre Stirn berührte die Schläfe des Kindes. Sie schwiegen eine Zeitlang; eine Amsel sang draußen, sogar die Kranke schien ihr zuzuhören.

Setz dich auf, sagte das Kind. Ich flechte dir einen Zopf, das kann ich nämlich. Hanna gehorchte, schlug sitzend die Decke um sich. Das Kind in ihrem Rücken machte sich an ihren Haaren zu schaffen, zupfte spaßhaft daran. Hast du eine Glitzerschnalle wie die Mutter oder vielleicht ein Seidenband?

Hanna verneinte.

Bewege nicht den Kopf!, rief das Kind. Ich will jetzt flechten. Durch die Wand kam ein Husten, jemand gähnte. Ich muss gehen, flüsterte das Kind und huschte hinaus.

Bei der Kranken zeigten sich am Morgen die Beulen. Sie waren noch klein, unbedeutende Schwellungen, die nur die Finger ertasteten, aber Hanna wusste, wie rasch sie wachsen, welche Qualen sie bewirken würden. Sie suchte, zum Unwillen der Magd, die Küche auf, zerrieb Malvenwurzeln im Mörser, machte die Paste geschmeidig mit Kamillenöl, vermischte sie mit Hefe, die sie sich von der Magd beschaffen ließ. Als sie das Pflaster auf die Beulen strich, wehrte sich die Kranke gegen ihre Berührung, sie schlug

Aber an ein Leben nach dem Tod glaube sie nicht

und trat blindlings um sich. Der Junker fragte an der Tür, was um Teufels willen hier geschehe, im andern Zimmer weinte ein Kind. Hanna bat den Junker, die Kranke festzuhalten, sie könne sonst ihr Mittel nicht gebrauchen.

Der Junker zögerte, dann rief er die Magd herbei und befahl ihr, auf der Schwelle wartend, Hanna beizustehen. Die Magd drehte, als sie die Kranke an den Schultern niederdrückte, das Gesicht von ihr weg, ließ sie so schnell wie möglich wieder los.

Wird es nützen?, fragte der Junker, indem er heftig an einem Flohstich im Nacken kratzte.

Ich weiß es nicht, sagte Hanna.

Die Magd, die bleich und übernächtigt aussah, machte eine verächtliche Gebärde und ging mit gespielter Forschheit hinaus, am Junker vorbei, der sich auf die Seite drückte.

Such dir von meinem Besitz aus, was du willst, sagte der Junker, aber vertreibe dieses Fieber.

Es ist kein Fieber, sagte Hanna, es ist das Schwarze Übel, und ihr wisst es genau.

Ich bringe die Kinder weg, sagte der Junker, heute Morgen noch.

Nein! Das tut ihr nicht!

Was fällt dir ein? Ich tue, was ich will. Er maß sie mit ärgerlichen Blicken. Die Kinder sind am meisten gefährdet, sagte er, mehr zu sich als zu Hanna, ich bringe sie zurück aufs Gut.

Eure Frau stirbt, brachte Hanna hervor, und ihr wollt weg.

Am Abend bin ich wieder da, sagte er, aber sie spürte, dass er log.

Es gibt eine Medizin, die ich noch nicht ausprobiert habe, sagte Hanna.

Welche denn?

Das warme Wasser eines kleinen Kindes, vermischt mit zerstoßenen Feigen.

Woher weißt du das?

Von meiner Großmutter. Noch besser wäre Kindspech, aber das finden wir nicht.

Und warm soll die Pisse sein?

Am Morgen früh in einer Schüssel aufgefangen.

Deshalb willst du, dass die Kinder hierbleiben?

Hanna nickte. Wenigstens das jüngere. Man muss alles versuchen. Aber heute ist es zu spät dafür. Wenn Gott will, überlebt eure Frau die Nacht, und dann werden wir sehen, ob es hilft.

Kennst du auch Sprüche, die die Krankheiten bannen?

Ja, aber ich sage sie nicht laut.

Der Junker lockerte den Kragen seines Wamses, befeuchtete den Flohstich mit Speichel. Gut, wir bleiben hier. Du scheinst dich auszukennen.

Hanna verbarg ihre Erleichterung. Die Kinder hatten im dämmrigen Flur hinter einer Ecke gelauscht und waren gleich wieder verschwunden; Hanna lächelte in ihre Richtung. Sie kehrte ins Krankenzimmer zurück. Die Beulen waren trotz der Pflaster gewachsen, die Kranke hatte wieder Blut gespuckt. Komm noch nicht, sagte Hanna zum Schatten, der sich in der Nähe verbarg, lass mir Zeit, ich brauche das Kind, es hält mich am Leben,

Take your dying elsewhere

Wenn Hanna im Haus herumging, folgte ihr Hildi in vorsichtigem Abstand; der Bruder, der sich vor Hanna zu fürchten schien, schimpfte vergeblich mit ihr; solange keiner der Erwachsenen eingriff, ließ sich Hildi nicht von ihrem Spiel abhalten. Hanna beglückte es, das Rascheln und Trippeln hinter sich zu vernehmen; mit einem Blick zurück vergewisserte sie sich im Auf und Ab, dass ihr das Kind auf den Fersen blieb.

Als Hanna am Nachmittag in die Küche ging, um einen neuen Sud aufzusetzen, fand sie dort die Magd. Sie war neben dem Herd zusammengesunken, rieb die Stirn am rußigen Herdstein, fast hätte sie ihre Haare an der Glut in Brand gesetzt. Hanna versuchte ihr aufzuhelfen, aber der schwere Körper entglitt ihr, die Magd begann zu jammern.

Stirbt Josefine jetzt auch?, fragte Hildi neugierig und furchtsam. Hanna zuckte mit den Achseln. Sie wischte der Magd den Ruß von der Stirn, bereitete ihr aus Stroh ein Lager, über das sie Tücher breitete. Das Kind versuchte ihr mit kleinen Handreichungen behilflich zu sein.

Wo ist dein Vater?, fragte Hanna, als die Magd endlich ruhig lag.

Oben im Gaden, erwiderte Hildi. Er schläft dort, seit die Mutter krank ist.

Aber am Tag?

Ich weiß nicht, Samuel ist vielleicht bei ihm.

Geh, sag ihm, Josefine sei krank.

Das Kind nickte und verschwand. Hanna kauerte sich neben die Magd, stocherte mit dem Schürhaken in der Glut herum, blickte dem Rauch nach, der aufstieg, sich ballte und kräuselte. Endet das nie? Immer liegt jemand neben mir, der krank ist und sterben wird. Was hat Gott mit mir vor? Warum lässt er mich am Leben? Wenn du mich verschonst, Herr, dann verschone auch das Kind, sonst muss ich dich verfluchen.

Im obern Stock phantasierte die Kranke. Man gewöhnt sich daran, dachte Hanna, je schlimmer es wird, desto weniger hört man hin. Das Kind kehrte zurück, barfüßig, mit geschürztem Kleid, das wie ein Stück Himmel war,

Schlagzeuggekessel, keine Choräle (und Josephine betet täglich zu Gott für ihre achtzehn Enkel)

und sagte, der Vater wolle nicht herunterkommen, er tröste Samuel, weil der so schrecklich friere. Hanna streichelte Hildis Hand. Und du? Frierst du auch?

Das Kind schüttelte den Kopf, blickte dabei verstohlen zur Mutter hinüber, die leise röchelte. Magst du die Juden?, fragte es.

Warum fragst du?

Es sind böse Leute. Sie haben die Brunnen vergiftet.

Das ist nicht wahr, sagte Hanna.

Aber jetzt haben wir sie weggejagt, fuhr das Kind fort, ohne auf Hannas Einwand zu achten, jetzt wird alles gut, hat der Vater gesagt, und du machst uns gesund.

Hanna gab keine Antwort, aber sie zog das Kind, das nur leicht widerstrebte, zu sich auf den Schoß.

Und die Gassenküche der Heilsarmee, wo die Junkies Suppe bekommen (Durchseuchungsrate zirka dreißig Prozent)

Vorräte gab's genug im Haus, ganze Säcke mit Mehl, Hafer, Linsen, Erbsen, Nüssen, Weinfässer im Keller, Brennholz im kleinen Innenhof, aber der Wasserkrug war beinahe leer, Hanna musste draußen Wasser holen, um ihn aufzufüllen. Sie zog, nachdem sie eine Zeitlang mit sich gekämpft hatte, eines der Kleider an, die über den Stühlen hingen, ein tailliertes Kleid aus dunkelrotem besticktem Leinen, mit weitem Ausschnitt und Flügelärmeln; ich leihe es nur aus, sagte sie zum Kind, das ihr staunend zuschaute, weißt du, mit meinen Lumpen traue ich mich nicht mehr unter die Leute.

Sie ging hinaus, ohne den Junker um Erlaubnis zu fragen, und ließ sich vom Kind zum nächsten Brunnen führen. Hildi kannte den Weg genau, fragte sogar, ob Hanna zu einem tiefen Brunnen wolle, wo man den Eimer heraufziehen müsse, oder zu einem mit einem Trog, wo das Wasser aus dem Kännel komme.

Frag nicht lange, zeig mir den kürzesten Weg.

Endlich wieder Himmel über dem Kopf, verwaschen war er, große Wolken trieben dahin, formlos wie aufgetriebener Teig, Schwalben flogen im Tiefflug über die Dächer, durchschnitten das Glockengeläut, das eben zu ertönen begann. Sie gingen durch eine Quergasse, am Turm vorbei, stiegen den steilen Weg zu den Badstuben hinunter, neben denen ein Brunnen Wasser gab. In der Stadt war's bedrückend still, als das Läuten verklang, ein Mann, der sich ein Tuch vor Nase und Mund gebunden hatte, floh vor ihnen. Überall schwelten die Wacholderfeuer, bei den größern standen Wächter und musterten die Passanten. Der Stadtmauer entlang fuhren im Schritttempo die schrottreifen Wagen, in denen Dealer nach Kunden Ausschau hielten.

Hanna füllte ungestört den Lederschlauch, hängte ihn sich über die Schulter, ging, während das plaudernde Kind manchmal mit einem Stoß den Schlauch zum Schaukeln brachte, denselben Weg zurück. Diesmal rief einer der Wächter sie an, fragte nach Herkunft und Name.

Sie sei beim Herrn von Gysenstein in Dienst, sagte Hanna und spürte, wie die Hand des Kindes sich in ihrer verkrampfte.

Wie lange bist du bei ihm?, fragte der Wächter.

Ein gutes halbes Jahr.

Ist jemand krank in eurem Haus?

Nein, sagte Hanna.

Stimmt das?, fragte der Wächter das Kind.

Hildi sah zu Hanna auf und senkte den Blick, als es die Angst in ihren Augen sah, sie nickte beklommen.

Wehe, wenn ihr lügt, drohte der Wächter, die Pestschauer sind unterwegs, ich schicke einen zu euch.

Stumm setzten Hanna und das Kind ihren Weg fort. Halt, rief der Wächter und winkte sie zu sich zurück. Machst du's heute Nacht mit mir? Ich zahle das Übliche. Hanna schüttelte den Kopf.

Ein Esel schrie in der Nähe, aber auch die Tiere schienen sich in die Häuser und Ställe geflüchtet zu haben. Sie kamen an der Sankt-Vinzenz-Kirche vorbei; unter dem Torbogen Geflüster, halblaute Stimmen in allen Tonarten der Dringlichkeit. Aus dem Mauerschatten, wo noch andere Gestalten kauerten, löste sich eine Bettlerin und hinkte auf Hanna zu.

Diese wehrte sie, das Kind an sich ziehend, unwillig ab.

Nur nicht so stolz, sagte die Bettlerin, kennst du mich nicht?

Ihre Stimme ließ Hannas Atem stocken, es war die Hinkende aus dem Geißlerzug.

Komm, sagte sie und zog Hanna, die ihr willenlos folgte, zurück in den Schatten und hinter einen Strebepfeiler, fuhr mit der Hand über Hannas geliehenes Kleid.

Feines Leinen, sagte sie, dir geht's gut.

Es gehört nicht mir, sagte Hanna beschämt.

Die Hinkende zwinkerte. Ob Hanna wissen wolle, was geschehen sei. Der Zug habe sich, schon vor Burgdorf, aufgelöst wegen eines Streites zwischen dem Meister und ein paar Brüdern, sie habe sich gedacht, für sie sei's das Beste, nach Bern zurückzukehren, da fielen für sie doch ein paar Brosamen vom Tisch der Reichen. Sie habe sich, auf einem Karren versteckt, in die Stadt eingeschlichen. Jetzt verstecke sie sich vor den Bütteln, übernachte bei der Heilsarmee, die Mitleid habe mit ihresgleichen.

Ein Junkie, der in einem Winkel am Boden saß, streckte fordernd die Hand aus.

Und dein Kind?, fragte Hanna.

Das habe sie weggegeben, es sei ja nur eine Last für sie gewesen; Bauersleute hätten es genommen, bei denen werde es, wenn einmal das Schlimmste vorüber sei, keinen Hunger leiden.

Und Wanda im Aids-Hospiz (sie wolle, sagt sie, nicht an so vielen Schläuchen hängen)

Vielleicht geht es gar nicht vorüber, sagte Hanna.

Die Hinkende lachte und schlug mit der flachen Hand auf Hannas Wassersack; der Junkie stimmte mit ein. Ob's uns erwischt oder nicht, sagte er, kommt ja wohl auf das Gleiche heraus, oder nicht?

Hildi zog ängstlich an Hannas Ärmel. Gleich, sagte Hanna, hab ein wenig Geduld. Sie zögerte, blickte auf ihre Zehen nieder, die sich streckten und krümmten. Weißt du etwas von meinem Bruder?, fragte sie endlich.

Der dünne Mathis? Der sei in den Streit verwickelt gewesen, er habe mit drei andern den Meister angegriffen, sei zusammengeschlagen worden, oder nein, das sei nicht Mathis gewesen, sondern ein anderer, der ihm gleiche; Mathis, Hannas Bruder, gehöre zu denen, die krank zurückgeblieben seien, ja, die Seuche habe auch unter den Geißlern um sich gegriffen, trotz der Gebete und Lieder; was aus ihm geworden sei, wisse sie nicht.

Komm jetzt, forderte Hildi und versuchte Hanna mit aller Kraft wegzuziehen.

Du hast ihn auf dem Rückweg nicht mehr gesehen?, fragte Hanna.

Nein, ich habe weiß Gott auf anderes geachtet. Jetzt gib mir was. Ihr Atem roch schlecht, nach fauligem Fleisch. Gib mir, was du willst, ich bin dir auch beigestanden.

Ich habe nichts, sagte Hanna.

Gib mir dein Kleid. Die Hinkende strich bewundernd über den Stoff. Feinstes Leinen, Seidenstickerei. Gib mir's, du bekommst meines dafür. Sie bog sich vor Lachen und zeigte auf ihre Lumpen.

Ich darf nicht, sagte Hanna.

Ach was. Die Hinkende versuchte das Kleid aufzuknöpfen.

Lass mich! Mit einem Schrei riss Hanna sich los, rannte, den Schlauch festhaltend, davon; weinend, ihren Namen rufend, rannte das Kind hinter ihr her. Auf dem Kirchplatz hielt Hanna an, nahm den Schlauch auf die andere Schulter und wartete, bis das Kind sie eingeholt hatte.

Die Frau ist frech, stieß Hildi anklagend hervor, sie ist frech und böse. Ich sage es dem Vater, und dann hängt man sie am Galgen. Hanna wischte ihr die Tränen ab. Sie tut uns nichts.

Mathis. Welche Macht war es, die ihr nicht erlaubte, ihn zu vergessen? All die verstörenden Erinnerungen begraben können wie die Toten.

Und Sam Ssenyonja, sage ich, seine Frau, seine Brüder, seine Schwägerinnen, Josephine, sage ich, und ihre jüngsten Enkel, die trotzig die Arme verschränken, Wanda, sage ich, Wanda und Klaus, die weder Sam noch Josephine kennen

Die Wolken trugen schwarze Gewänder, irgendwo donnerte es. Das Ende der Welt. Der Anfang einer neuen Welt. Hanna, ich verspreche dir, dich wird der Tod verschonen.

Zurück ins Haus, zurück in diese dumpf riechende, dämmrige Höhle. Hanna schickte das Kind hinauf zum Vater. In der Küche, wo die Magd mit hohem Fieber lag, zog sie sich um, stopfte das Kleid in ein leeres Fach, schob Geschirr davor.

Der Junker hatte Samuel heruntergebracht und ihn ins Ehebett zur Mutter gelegt. Er selber kniete betend auf dem Teppich, schlug, während der Rosenkranz durch seine Finger glitt, mit der Stirn gegen die Bettkante. Als Hanna das Zimmer betrat, wandte er sich um. Wo bist du gewesen? Seine Stimme war so heiser, dass ihn Hanna fast nicht verstand. Gott will sie mir nehmen. Warum? Womit verdiene ich das? Was habe ich Schlechtes getan? Seine Stimme erstickte.

Hanna untersuchte flüchtig die beiden Kranken. Die Frau lag im Sterben, ihre Züge waren eingesunken, die Beulen eigroß, dem Platzen nahe, über die Brust, den Bauch verbreiteten sich schwarze Flecken. Auch bei Samuel, der klagend den Kopf hin und her warf, würde es nicht lange dauern, die Krankheit hatte ihn mit doppelter Wucht ergriffen, als ob der Tod es bei einem Kind besonders eilig hätte. Der Junker packte Hanna bei den Schultern und schüttelte sie. Deine Medizin! Was ist mit deiner Medizin? Seine Hände glitten, wie in einem willenlosen Streicheln, von ihren Schultern, er sank zusammen, verbarg das Gesicht in den Händen.

Siehst du, sagte Hildi von ihrem Sitz auf der Fensterbank, jetzt weint der Vater.

Helligkeit zuckte über die Gesichter und Wände; ein Gewitterregen, den das Kind nicht zu bemerken schien, rauschte nieder. Hanna trat zu ihm, öffnete das Schiebefensterchen, Regen sprühte ihr ins Gesicht, der Geruch von nassem Staub strömte herein.

Hildi lächelte. Das tut der Erde gut, sagte sie.

Nun weinte auch Hanna.

Bleibst du bei mir?, fragte das Kind. Ganz sicher? Schwör's mir. Schwör's!

Du meinst, sagt Wanda, ich habe nichts mehr zu verlieren

Das Haus war voller Klagen, die man mit der Zeit zu überhören lernte. Hanna wusch die Kranken, kühlte mit Umschlägen und Wickeln ihr Fieber, sie ging treppauf, treppab, immer gefolgt vom Kind, sie gab allen zu trinken, die noch trinken konnten; mehr zu tun, war nicht möglich. Es wurde dunkel. Der Junker rührte sich nicht. Hildi, die ein wenig Linsen gegessen hatte, begann zu gähnen und wollte schlafen, aber nicht allein im andern Zimmer, sondern dort, wo alle waren.

Hanna machte ihr mit Decken und Kissen, die sie in den Truhen fand, ein Notbett auf der Fensterbank. Das Kind sprach sein Abendgebet und wollte, dass Hanna sich neben es setze, seine Hand halte, ihm eine Geschichte erzähle. Dazu bin ich zu müde, sagte Hanna, aber die kleine Hand behielt sie zwischen ihren Händen, spürte den raschen Puls, der ihrem eigenen Herzschlag davonzufliegen schien.

Eine einzige Kerze ließ sie vor ihren Füßen brennen, die andern Lichter blies sie aus. Regelmäßige Atemzüge, die lauter schienen als das Jammern der Kranken, sagten ihr, dass Hildi eingeschlafen war. Die Lautsprecherstimmen, die von draußen hereingedrungen waren, entfernten sich. Frieden. Welch ein Frieden. Ich behüte deinen Schlaf.

Hanna blieb wach, obschon ihr Kopf immer schwerer wurde. Der Geruch von nasser Erde war jetzt im Zimmer, überlagerte die Krankheitsgerüche.

Hanna umspannte mit beiden Händen ihre Brüste. Sie waren gewachsen in letzter Zeit, schmerzten manchmal, als ob die Haut sie beenge. Seit mehr als fünf Wochen hatte Hanna nicht mehr geblutet, sie wusste, was das bedeuten konnte; daran zu denken, erschreckte sie und erfüllte sie zugleich mit Genugtuung. Sie hätte es hinausschreien mögen, den Kranken, den Sterbenden, den Verzweifelten ins Gesicht: Seht nur! Seht mich an! Wisst ihr, wer ich bin?

Du meinst, sagt Wanda, mir sei's egal, ob ich so und so viele von diesen Mackern angesteckt habe

Mitten in der Nacht wurde drunten an die verriegelte Tür gepoltert. Hanna hob die Kerze, die fast niedergebrannt war, und leuchtete in die Ecke, wo der Junker sich unwillig regte. Hildi war erwacht und begann zu weinen.

Das Poltern wurde stärker. Aufmachen, aufmachen!, schrien Männerstimmen.

Geh nicht, sagte der Junker matt, bleib hier.

Doch Hanna ging die Treppe hinunter, ging durch den Flur, schob den Riegel zurück. Draußen standen, im Schein von Kienspänen, Bewaffnete; zwei Männer mit Schnabelmasken, die durchdringend nach Essig und Räucherwerk rochen, drangen ein.

Es heißt, sagte der eine, es gebe Kranke in diesem Haus; wir sind beauftragt, uns Gewissheit zu verschaffen. Seine Stimme tönte gedämpft unter der Maske hervor, im Fackelschein tanzte der Schnabelschatten über die Wand. Der andere wies Hanna mit einem dünnen Stock an, ihnen vorauszugehen.

Sie führte sie in die Küche; sogleich entdeckten die Männer die Magd, die auf Decken und Stroh lag.

Dreh sie auf den Rücken, befahl der mit dem Stock.

Hanna wälzte, alle Kraft aufbietend, den schweren Körper herum. Sie leuchteten der Kranken ins verzerrte Gesicht, der eine betastete mit dem Stock ihren Hals, drückte auf die Schwellung, die sich am Kinnansatz zeigte. Die Magd schrie, bäumte sich auf.

Entblöße sie, befahl er.

Hanna wusste, was sie sehen wollten. Sie zog der Magd das lose Hemd über die eine Schulter, so dass die Achselhöhle mit der Beule sichtbar wurde.

Genug. Sind noch andere im Haus befallen?

Hanna nickte.

Hat man dir befohlen, dies gegen außen zu verheimlichen?

Hanna schwieg.

Wo ist der Herr?

Oben bei der Frau, bei den Kindern.

Ist er krank?

Sie nickte.

Komm. Mit dem Stock wurde sie vorangestoßen, zur Tür. Die beiden Männer hatten es eilig, ins Freie zu gelangen. Draußen entfaltete einer der beiden ein Dekret, schob die Maske nach oben, so dass sein gerötetes Gesicht ganz zum Vorschein kam. Der Schultheiß und der Rat der Stadt Bern täten hiermit kund und zu wissen, las er, dass alle Häuser, in denen die Krankheit, die man Schwarze Pestilenz nenne, ausgebrochen sei, zum Schutz der übrigen Bevölkerung in den Bann getan würden, bis die Krankheit sich mit Gewissheit verflüchtigt habe. Es sei den Sequistrierten

O doch, sagt Wanda, ich habe mich nie lebendiger gefühlt als jetzt

bei schwerster Strafe verboten, ihr Haus zu verlassen und mit Gesunden in Berührung zu kommen. Die befallenen Häuser würden mit roter Farbe bezeichnet und fortan bewacht; einmal täglich werde der Eimer, der nach Sonnenuntergang vor die Tür zu stellen sei, mit frischem Wasser gefüllt. Die durch Gottes Willen Verschiedenen sollten gewaschen, schicklich eingekleidet und sodann vor Sonnenaufgang beim Haus zur Bestattung bereitgelegt werden. Dieser Erlass gelte so lange, bis Schultheiß und Rat ihn widerrufen hätten. Der Mann rollte das Pergament wieder zusammen. Hast du das verstanden?

Hanna nickte. Sie schlossen die Tür, Schritte und Stimmen entfernten sich, ein Funkgerät quäkte, jemand räusperte sich, das musste die Wache sein, die sie zurückgelassen hatten.

Und was ich jetzt noch verlieren kann, sind diese Momente, wo alles ringsum glüht, verstehst du das?

Die Kerze war erloschen; die Magd rief nach ihrer Mutter, flehte zum Heiland, er möge sie erlösen. Was konnte sich jetzt noch zum Schlimmern wenden? Hanna tastete sich die Treppe hinauf. Im Mondlicht sah sie erschrocken den Junker, er hatte sich übers Bett geworfen, er riss seine sterbende Frau an den Haaren, beschimpfte sie, versuchte sie aus dem Bett zu zerren; von der Fensterbank aus schaute ihm Hildi, den Daumen im Mund, furchtsam zu.

Lasst sie doch, sagte Hanna und berührte den Junker an der Schulter. Er fuhr herum, die Frau fiel zurück in die Kissen. Der Junker, auf dem Bett kniend, starrte Hanna an wie einen bösen Geist. Jetzt ist alles zu Ende! Er schlug sich so heftig auf die Stirn, dass die Bettstatt knarrte. Hier drin sticht es schon mit tausend Nadeln. Und bei dir? Bist du dagegen gefeit? Er rutschte auf den Knien zum Bettrand, hielt Hanna, die zurückweichen wollte, am Kleid fest. Womit schützt du dich? Sag mir's! Wo ist deine Medizin? Gib sie uns endlich! Er versuchte sie aufs Bett niederzuzwingen, sie rangen

Das ist, sagt Wanda, die einzige Gewissheit, die mir bleibt: dass ich leben will

miteinander, Hannas Kleid zerriss mit einem scharfen Geräusch. Wo ist deine Medizin? Wo hast du sie versteckt? Hanna wehrte seine Hände ab, die ihr in die Gesäßspalte, zwischen die Beine griffen. Vater!

Vater! Hör auf!, hörte sie in ihrem Rücken das Kind schreien. Hanna klammerte sich an dem Mann fest, schlang ihre Beine um ihn, bis er aufschrie vor Schmerz; sie glitten auf den Boden, kratzten und bissen sich; endlich ließen sie erschöpft voneinander ab.

Hanna setzte sich auf; ihre Oberschenkel waren zerkratzt und taten weh. Es war heller geworden. Der Junker hatte beide Fäuste gegen die Augen gepresst und weinte lautlos. Vom Kind war nichts zu sehen außer einer Erhebung unter der Decke. Hanna ging zu ihm, zog sanft die Decke zurück. Es ist alles wieder gut, sagte sie dem Kind ins Ohr. Sie streichelte seinen Rücken, spürte die Wirbel unter ihren Fingerkuppen.

Das Kind erschauerte. Warum hat dich der Vater geschlagen?, fragte es ängstlich.

Sei still. Es ist alles wieder gut.

Er hat dein Kleid zerrissen.

Ich werde es flicken. Schlaf noch ein wenig.

Du findest das vielleicht lächerlich, sagt Wanda. Was?, frage ich. Diese Lebensgier, sagt sie, ausgerechnet jetzt

In der Morgenfrühe starb die Frau, wenig später Samuel, lautlos und halb versteckt in seinen Kissen;

er war in seinen letzten Stunden so still gewesen, dass Hanna ihn beinahe vergessen hatte. Der Junker behauptete, das Übel habe auch ihn befallen, er weigerte sich, die Toten, wie's Vorschrift gewesen wäre, vor die Tür zu legen.

Sie gehören mir, sagte er, zitternd vor Kälte, und betrachtete sie im Tageslicht. Sie lagen nebeneinander, Hanna hatte ihnen die Hände gefaltet und die Augen zugedrückt.

Sie gehören mir, niemand hat das Recht, sie mir zu nehmen.

Und dazwischen, unvermeidlich, die Sehnsucht nach dem goldenen Schuss

Hildi hatte gebetet, der Mutter die Hände geküsst, ihr ein kleines Holzkreuz auf die Brust gelegt; den Bruder auf der andern Seite des Bettes wollte sie nicht ansehen, nein, von Samuel brauche sie nicht Abschied zu nehmen, Samuel sei nie richtig lieb zu ihr gewesen. Auf einmal rümpfte sie die Nase, sagte, es rieche schlecht hier drin, ihr werde übel, sie wolle etwas essen und nachher spazieren gehen. Milch gab es nicht, darüber beschwerte sie sich, nahm dann vorlieb mit Wasser, aß Nüsse, die Hanna für sie aufknackte, löffelte den Haferbrei, den sie kochte.

Der Magd ging's unverändert schlecht, sie erkannte weder Hanna noch das Kind. Der Junker wollte nichts essen, er hatte sich in seiner Samtjacke neben die Toten gelegt, fröstelnd sagte er, dass er sich nur wünsche, es möge bald zu Ende gehen.

Und manchmal höre ich mir das Band an mit dem Requiem für Schlagzeug solo

Das Kind bestand darauf, draußen die Wolken anzuschauen. Hanna öffnete die Tür und zeigte ihm den Polizisten, der sie sogleich mit dem Schlagstock zurücktrieb. Dann gehen wir in den Garten, entschied das Kind. Es führte Hanna durch den kleinen Hof hinter der Küche, zeigte ihr das Gatter in der Umfassungsmauer. Als Hanna den Riegel zurückschob, standen sie, sonnenbeschienen, auf einer bepflanzten Terrasse; hinter einer weiteren Mauer fiel das felsige Gelände steil zum Fluss ab. Ein großer Holunderstrauch, der am Verblühen war und dennoch betäubend duftete, behinderte den Blick in die Ferne. Aber was Hanna anzog, waren die Blumen, die in Rabatten wuchsen. Auf den Blättern glänzten noch Regentropfen; die Erde war nass, dampfte in der Hitze. Da wachsen Rosenbüsche und Eisenhut, Lilien und Mohn. Hanna kannte alle, auch den Borretsch, das Vergissmeinnicht, die violette Malve, das Löwenmäulchen, den Goldlack. Staunend ging sie den Beeten entlang,

Diese gebändigten Ausbrüche eines Vierzehnjährigen, die rhythmischen Kaskaden, die wieder zum Geflüster werden

bückte sich, fuhr mit den Fingerspitzen über Knospen und Blüten, spürte Erde zwischen den Zehen. Ich grüße dich, gefleckter Fingerhut, ich grüße dich, Purpurrose.

Das Kind zog Hanna zur Stelle, wo die Ringelblumen zu Dutzenden wuchsen. Die habe ich am liebsten, sagte es. Sie riechen so lustig. Es pflückte eine Ringelblume und hielt sie Hanna dicht unter die Nase, so dass sie das Gesicht verzog, als ob sie niesen müsste.

Das Kind lachte. Siehst du, das kitzelt.

Komm, sagte Hanna, wir pflücken uns einen Strauß.

Sie wanderten herum, blieben vor jedem Beet stehen, überlegten sich, welche Blumen zueinander passten, in ihren Händen wuchsen zwei Sträuße, ein großer und ein kleiner.

In der Mitte der Terrasse gab es einen kleinen Rasenplatz mit einer moosüberwachsenen Bank, dort saßen sie eine Weile, schauten, die Sträuße auf dem

Schoß, den Schwalben zu, die den Himmel durchkreuzten.

Dass mr hie, Gopfridstutz, wenigschtens e Schyssi überchämte, sagt Billy, der die kalten Nächte in der Nähe des zugesperrten Parks verbringt

Hanna erzählte dem Kind von der Großmutter und vom Dorf. Dann gingen sie zurück ins Haus. Hanna musste sich überwinden, um den Gestank zu ertragen, der im obern Zimmer herrschte, und auch das Kind verlangsamte seine Schritte, als sie sich wieder dem Totenbett näherten.

Der Junker hatte Kerzen angezündet und sie, auf eisernen Leuchtern, ans Fußende gestellt; er saß mit angezogenen Beinen, im Gesicht merkwürdig geschrumpft, auf der Truhe, wie wenn er seine Schätze behüten müsste.

Hanna und das Kind legten ihre Sträuße den Toten auf die Brust, die Blumen breiteten sich aus über den weißen Hemden; Hildi steckte dem Bruder eine Rose ins Haar, befühlte rasch seine Wangen.

Wann geht er weg ins Paradies?

Bald, entgegnete Hanna.

Können wir nicht mit?

Du und ich, wir bleiben noch eine Weile hier.

Hanna trat vor den Junker hin. Wenn Ihr die Toten nicht weggeben wollt, sagte sie, dann müssen wir sie hier begraben, im Garten ist Platz.

Das ist ungeweihte Erde, sagte der Junker. Aber gut, gut. Tu, was du willst. Ich sterbe, ich bin schon gestorben. Er sprach undeutlich und schleppend, in seinem Gesicht zuckte es.

Ihr müsst mir dabei helfen, sagte Hanna.

Aber nicht jetzt. Später. Ich habe keine Kraft. Er lächelte entschuldigend, sprang plötzlich mit erstaunlicher Geschmeidigkeit von der Truhe herunter. Er zog seine Jacke aus, warf sie zu Boden, er riss sich das Unterhemd über den Kopf, stand mit nacktem knochigem Oberkörper vor Hanna. Da! Da! Er deutete auf seine Achselhöhlen. Da sieht man's doch! Da wächst es schon! Er drehte und wendete sich wie ein unbeholfener Vogel, damit Hanna ihn von allen Seiten sah.

Sterbt anderswo, schrieben Bewohner eines Quartiers in Bogotá an die Tür eines Hauses, in dem ein Sterbehospiz für Aidskranke eingerichtet werden sollte

Man sieht nichts, sagte sie, Ihr habt auch kein Fieber.

O doch! Wie willst du das wissen? Es ist in meinem Blut, und niemand kann mir helfen. Er kletterte, ohne sich anzukleiden, wieder auf die Truhe, verharrte dort schlotternd in der Hocke. Vater, sagte Hildi, du siehst nicht schön aus ohne Kleider.

Hanna legte ihm eine Wolldecke über die Schultern, was er sich gefallen ließ.

Fast den ganzen Tag verbrachte Hanna mit dem Kind im Garten. Sie suchten sich Schatten- oder Sonnenplätze, sie aßen von den halbreifen Erdbeeren, erzählten einander Geschichten.

Zwischendurch pflegte Hanna im Haus die Magd, die von Stunde zu Stunde mehr verfiel, und schaute nach dem Junker, der die Totenkammer nicht verließ. Jedes Mal kehrte sie sehnsüchtig in den Garten zurück, zur Goldmelisse, zum Ehrenpreis.

In der Nacht, als das Kind schlief, bat Hanna den Junker nochmals, ihr beim Begraben der Toten zu helfen. Er war wieder ansprechbar, stand ungelenk auf. Sie fassten die tote Frau, die schon starr war, an den Schultern, an den Beinen, trugen sie die Treppe hinunter, auf deren Stufen Hanna ein paar Talglichter gestellt hatte, um ihnen zu leuchten. Mehrmals ließ der Junker die Last beinahe fallen. Er schwankte, fing sich wieder auf, fluchte und lachte in verstörendem Wechsel. Weiter, weiter, forderte er, das ist ein Leichenzug. Er sang, immer auf der gleichen Silbe, einen Psalm, klagte dann wieder, er sei erschöpft, er könne nicht mehr. Endlich waren sie im Garten. Hanna hatte einen Spaten mit eisernen Zinken gefunden. Sie begann zu graben; der Junker setzte sich neben die Tote ins Gras und betastete seinen Kopf, in dem, wie er sagte, ein peinigendes Gewimmel herrsche. Erde häufte sich ums entstehende Grab.

Als Hanna erschöpft war, übergab sie den Spaten dem Junker und sagte, sie hole nun den toten Jungen. Wie leicht war er, wie wenig wog er in ihren Armen. Als sie zurückkam, kniete der Junker im Grab. Seine Kleider, sein Gesicht waren mit Erde verschmiert, er sah aus, als habe er Erde gegessen, sogar an den Haaren haftete sie in Klumpen.

Hier herein, hier herein, sagte er, gleich ist alles gut.

Es ist noch zu wenig tief, sagte Hanna.

Mach, was ich dir sage, schrie der Junker, es ist so tief, dass es für alle reicht.

Hanna legte wortlos den toten Bub ins Grab.

Die andere auch, befahl der Junker. Er stieg wie ein Betrunkener aus dem Grab, begann die Tote an den Beinen über den Rasen zu schleifen. Hanna half ihm, sie neben das Kind zu betten. Sie sammelte ein paar welke Blumen ein, die von ihrem Schoß gefallen waren, und legte sie dorthin zurück.

Der Junker häufte Erde auf die Toten, planlos, zufällig, er begann ihre Gesichter mit Erde einzustreichen. So werden sie schön, meine Lieben, verstehst du?

Das dürft ihr nicht, sagte Hanna, es ist Sünde.

Das darf ich nicht? Aber Platz ist noch genug für mich, siehst du? Der Junker quetschte sich neben die Toten, versuchte, auf dem Rücken liegend, sich auszustrecken. Jetzt deck mich zu. Mach's finster. Lass mich Erde fressen, Hanna, und sag ein Gebet, ein schönes, langes Gebet. Hanna hatte den Spaten gepackt und ließ ihn nicht mehr los. Ihr seid ja noch am Leben.

Ach, meinst du? Das werden wir ändern, das werden wir sogleich ändern. Er kroch aus dem Grab, schwankte quer über die Blumenbeete zur Mauer, die den Garten gegen den Steilhang hin abschloss.

Tut das nicht, Herr! Hanna hatte erkannt, was er plante, doch sie war zu keiner Bewegung fähig.

Ich tu's, ich tu's. Der Junker zog sich auf die Brüstung hinauf, versuchte sich aufzurichten, die Arme auszubreiten, noch halb im Kauern ließ er sich, Kopf voran, mit einem heisern Schrei, in die Tiefe fallen. Hanna hörte den Körper aufschlagen, sie hörte das Kollern von Steinen, ein schleifendes Geräusch, nochmals einen dumpfen Aufschlag, dann war alles still. Hanna ging zur Mauer und zwang sich hinunterzuschauen. Die Felsen waren fahl im Mondlicht, von Schattenmustern überzogen, der Junker war verschwunden, das Gestein schien ihn verschluckt zu haben.

Hanna legte ihre Wange an den Holunderstamm; die Nacht war so hell, dass sie weiter unten am Flussufer die Fischerhütten sah, halb versteckt zwischen den Erlen; sie sah einen hellen Lichtschein in einem der Fenster, also lebten dort noch Menschen.

Es ist nicht das Ende, es ist ein Anfang, dachte sie. Gib, Gott, dass es ein Anfang ist.

Notdürftig begrub sie die Toten. Sie stampfte die Erde mit nackten Sohlen fest, sie brach zwei frisch aufgeblühte Rosen, steckte sie in den Hügel.

Und weißt du, sagt Klaus, dessen Blut nicht gerinnt, weißt du, mein Requiem habe ich nicht nur für meinen Cousin gespielt

Ohne ein Gebet gesprochen zu haben, ging Hanna ins Haus, wusch sich Hände und Gesicht. Die Magd war verstummt, das Kind schlief auf der Fensterbank, inmitten zerknüllter Kissen, in argloser Haltung, ein nackter Fuß schaute unter der Decke hervor. Hanna schaffte sich Platz neben dem Kind, setzte sich so, dass sie sein Profil im Mondlicht sah.

Sie strich ihm eine feuchte Strähne aus der Stirn. Das Kind krauste die Nase, schien zu lächeln, ein Schimmer, der über sein Gesicht flog. Schlaf nur, schlaf. Hanna blieb wach in angespannter Müdigkeit, sie konnte sich nicht satt sehen am Kind, und wenn ein Wolkenschatten das Gesicht ins Dunkel gleiten ließ, wartete sie ungeduldig, bis der Mond wieder ungehindert schien.

Du staunst vielleicht, sagt Wanda, die seit Tagen am Tropf hängt, manchmal denke ich, ich sei schwanger, aber mit was und von wem

Ich bin frei, endlich bin ich frei. Dieser Satz summte in ihrem Kopf und machte sie froh. Dann schlief sie doch ein wenig im Sitzen; als sie erwachte, war's hell, kurz vor Sonnenaufgang. Das Kind bewegte sich seufzend, öffnete, als sie seinen Namen sagte, blinzelnd die Augen. Darin war ein Ausdruck grenzenloser Offenheit, der Hanna beinahe erschreckte; doch gleich kehrte die Erinnerung zurück, das Kind lächelte Hanna an, es schaute sich um im dämmergrauen Zimmer, aber es fragte nicht, wo die andern geblieben seien.

Komm, sagte Hanna.

Sie gingen barfuß in die Küche, wo sie so taten, als würden sie die Magd, die reglos dalag, gar nicht sehen. Sie tranken Wasser, sie aßen Nüsse, einen Rest kalten Haferbrei. Hanna legte Äste in die Glut und fachte mit dem Blasebalg das Feuer an. Sie setzte einen Wacholderzweig in Brand, ließ das Kind ihn schwenken, um die Küche auszuräuchern; Funken sprangen herum, erloschen auf den Fliesen. Hanna tunkte den glimmenden Zweig in den Abwascheimer, und das Kind freute sich am Zischen, das dabei entstand.

Jetzt zieh aber wieder ein schönes Kleid an, sagte es.

Darf ich das?, fragte Hanna, nicht ohne Koketterie.

Die Morgensonne schien schon ins obere Zimmer und brachte den schwebenden Staub zum Leuchten. Hanna öffnete die große Truhe, sah, dass sie gefüllt war bis zum Rand.

Das gehört jetzt dir, sagte das Kind ernst.

Hannas Hand glitt zärtlich über Seide, Samt, Damast, ihre Hände ertasteten Rüschen und Spitzen,

Sam Ssenyonja, sage ich, Marble Gillian Magezi, Odomalo Byaruhanga, der Taxichauffeur, der seinen Bruder verlor, Josephine und ihre Enkel, sage ich, die Kleinstadt Kyotera im südwestlichen Uganda

und plötzlich gab es kein Halten mehr, sie wühlte sich hinein in die Stoffe, riss ein Kleid heraus, entfaltete es, hielt es sich flüchtig vor die Brust, legte es auf den Boden, holte andere Kleider heraus, Leinenhemden mit Samtbordüren, Seidenstrümpfe, einen schweren Wollmantel mit Pelzbesatz, sie besah es kurz, warfs lachend hinter sich, neben sich, übers Bett, warf Kopftücher und Schleier in die Luft, nach denen das Kind haschte, und sie hörte erst auf, als die Truhe leergeräumt war. Atemlos blickte Hanna sich um.

Und all die andern Gesichter, die wir nicht kennen

Wo das Sonnenlicht hindrang, schimmerte das Zimmer in allen Farben. Goldbrokate, blaue Atlasseide, dunkelroter Samt, mit grünen Granatäpfeln bestickt; ein zusammengerollter Pelz schien zu atmen und sich zu regen.

Das gehört jetzt dir, wiederholte das Kind, das einen Schleier um den Kopf gewunden hatte. Hanna nickte. Sie zog entschlossen ihr zerlumptes Kleid aus, stand im knielangen Hemd da, in dem sie sich verjüngt vorkam, selber beinahe wie ein Kind. Sie hob prüfend ein blaues Kleid mit geschnürtem Oberteil auf, ließ es sinken.

Nein, sagte sie plötzlich, ich will nur dich. Sie nahm das Kind bei den Händen und tanzte mit ihm über die raschelnden Kleider hinweg, vom Fenster zum Bett, wieder zurück und rundherum. Ich will nur dich, sang sie, hob das Kind an beiden Armen in die Höhe und schwang es herum, so dass seine

Haare flogen. Ja, lachte das Kind, nur mich, und beide überhörten das Klopfen unten an der Tür.

Ich bin frei, rief Hanna und drückte das Kind an sich, bedeckte sein Gesicht mit Küssen. Hörst du? Frei! Schwindlig sank sie, samt dem Kind, auf den weichen Kleiderberg.

Ich bin Hildi, und du bist Hanna, sagte das Kind mit einem trotzigen Unterton. Jetzt will ich in den Garten.

Hanna schwieg. Nochmals wurde unten an die Tür geklopft, und nun hörten es beide.

*Bitte beachten Sie
auch die folgenden Seiten*

Lukas Hartmann
Bis ans Ende der Meere

Die Reise des Malers John Webber
mit Captain Cook
Roman

London 1781. Der Maler John Webber überbringt der Witwe von James Cook im Auftrag der Admiralität ein Porträt ihres Mannes. Doch die Witwe weist das Geschenk empört zurück: Sie erkenne ihren Mann darauf nicht. Webber ist schockiert, doch kann er die Frau verstehen. Schon bei der Rückkehr des Schiffes ›Resolution‹ verhängte die Admiralität ein absolutes Redeverbot über die näheren Umstände des tragischen Todes von Cook. Und auch das Porträt verfolgt nur einen Zweck: Das Andenken des großen Kapitäns muss ein heroisches bleiben, als nobler Entdecker für England sollte er in die Geschichte eingehen. Doch Webber kennt die Wahrheit dieser vierjährigen dritten und letzten Weltumsegelung Cooks, und all die quälenden Bilder, die er nicht zeichnen durfte, werden ihn Zeit seines Lebens verfolgen.

»Die unheimliche Zwangsläufigkeit, mit der die Schicksale seiner Figuren vorgegeben scheinen, stellt Hartmann mit der unspektakulären Virtuosität des Könners dar.« *Frankfurter Allgemeine Zeitung*

»Lukas Hartmann entfaltet eine große poetische Kraft, voller Sensibilität und beredter Stille.«
Neue Zürcher Zeitung

Patrick Süskind
im Diogenes Verlag

Der Kontrabaß

Jeder Musiker wird Ihnen gern bestätigen, daß ein Orchester jederzeit auf den Dirigenten verzichten kann, aber nicht auf den Kontrabaß.
Normalerweise gehen Kontrabässe im Orchester unter, es gibt keine Soloparts, allenfalls ein Duett. Im Leben des Musikers ist der Kontrabaß Geliebte, Freund, Feind und Verhinderer des eigenbestimmten Weges. Patrick Süskind bietet das Porträt eines Normalbürgers als Künstler, und damit soziale Analyse, Slapstick und Milieukomik und einen fest gespannten Bogen, der monologisch und entschlossen den Schwingungen des menschlichen Zusammenspiel(en)s nachstreicht.

»Was noch kein Komponist komponiert hat, das schrieb jetzt ein Schriftsteller, nämlich ein abendfüllendes Werk für einen Kontrabaßspieler. Ein Gesamtkunstwerk, das in dieser Art zum Besten gehört, was man in letzter Zeit auf unseren Bühnen vorgesetzt bekam.« *Dieter Schnabel*

In den letzten Jahren das meistgespielte Stück auf deutschsprachigen Bühnen, übersetzt in 27 Sprachen.

Auch als Hörspiel mit Walter Schmidinger
erschienen (Diogenes Hörbuch)

Das Parfum
Die Geschichte eines Mörders

»Ein erfreulicher Anachronismus im modischen literarischen Bla-Bla. Ein internationaler Dauerseller. Seit Erich Maria Remarques *Im Westen nichts Neues,* also seit 1929, gelang keinem deutschsprachigen Autor mehr ein so durchschlagender Erfolg.«
Der Spiegel, Hamburg

»Das erste Werk eines europäischen Autors – nach Ecos *Name der Rose* –, das das Interesse der amerikanischen Verleger derart geweckt hat, daß sie sich um die Rechte förmlich rissen.« *Corriere della Sera, Mailand*

»Kraftvoll und mitreißend. Seine Wirkung wird lange anhalten.« *Time Magazine, New York*

»Eine der aufregendsten Entdeckungen der letzten Jahre. Fesselnd. Ein Meisterwerk.«
San Francisco Chronicle

»Anders als alles bisher Gelesene. Ein Phänomen, das einzigartig in der zeitgenössischen Literatur bleiben wird.« *Le Figaro, Paris*

2006 von Tom Tykwer mit Ben Whishaw, Dustin Hoffman, Alan Rickman und Rachel Hurd-Wood in den Hauptrollen verfilmt.

Auch als Diogenes Hörbuch erschienen,
gelesen von Hans Korte

Das Parfum – Das Buch zum Film

Enthält das vollständige Drehbuch von Andrew Birkin & Bernd Eichinger & Tom Tykwer, Berichte über die Entstehung des Films, Gespräche mit Tom Tykwer und Bernd Eichinger, einen Essay von Verena Lueken sowie mehr als 50 Fotos aus dem Film.

Die Taube

In fünf Monaten wird der Wachmann einer Pariser Bank das Eigentum an seiner kleinen Mansarde endgültig erworben haben, wird ein weiterer Markstein seines Lebensplanes gesetzt sein. Doch dieser fatalistische Ablauf wird an einem heißen Freitagmorgen im August 1984 jäh vom Erscheinen einer Taube in Frage gestellt.

»Ein rares Meisterstück zeitgenössischer Prosa, eine dicht gesponnene, psychologisch raffiniert umgesetzte Erzählung.« *Rheinischer Merkur, Bonn*

»Nicht nur riecht, schmeckt man, sieht und hört man, was Süskind beschreibt; er ist ein Künstler, auch wenn es darum geht, verschwundenes, verarmtes Leben in großer innerer Dramatik darzustellen. Eine Meistererzählung.« *Tages-Anzeiger, Zürich*

Auch als Diogenes Hörbuch erschienen,
gelesen von Hans Korte

Die Geschichte von Herrn Sommer
Mit zahlreichen Bildern
von Sempé

Herr Sommer läuft stumm, im Tempo eines Gehetzten, mit seinem leeren Rucksack und dem langen, merkwürdigen Spazierstock von Dorf zu Dorf, geistert durch die Landschaft und durch die Tag- und Alpträume eines kleinen Jungen...
Erst als der kleine Junge schon nicht mehr auf Bäume klettert, entschwindet der geheimnisvolle Herr Sommer.

»Patrick Süskind erzählt mit einer selbstverständlichen Leichtigkeit, die dennoch nichts vom Schmerz der frühen Jahre unterschlägt. Er trifft genau den richtigen Erinnerungston zwischen Komik und Sehnsucht.« *Frankfurter Allgemeine Zeitung*

Auch als Diogenes Hörbuch erschienen,
gelesen von Hans Korte

Drei Geschichten
und eine Betrachtung

»Patrick Süskinds sprachlich-rhythmische Eleganz verleiht seinen Erzählungen eine Leichtigkeit, die – ohne je leichtgewichtig zu werden – dem Schweren das Bedrückende und dem Nebensächlichen das Be-

langlose nimmt. So witzig, anrührend und doch kunstvoll distanziert wird da erzählt.«
Konrad Heidkamp / Die Zeit, Hamburg

»Hat man einmal zu lesen angefangen, will man gar nicht mehr aufhören vor lauter unerhörten Begebenheiten, liest, wie man zuletzt als Kind gelesen hat, lauter Geschichten, die vor allem eins zu sein scheinen: altmodisch spannend.«
Heinrich Detering / Frankfurter Allgemeine Zeitung

Die Geschichte *Das Vermächtnis des Maître Mussard* ist auch als Diogenes Hörbuch erschienen, gelesen von Hans Korte

Über Liebe und Tod

Die Liebe und ihr ewiger Gegenspieler, der Tod, sind das Thema von Patrick Süskinds provokantem Essay. Mit Beispielen aus Philosophie und Literatur (von Platon über Kleist bis Thomas Mann) wie aus dem modernen Leben führt er uns die Liebe als Himmels- und Höllenmacht vor. Und er vergleicht die Schicksale von Jesus und Orpheus, die beide den Tod durch die Liebe zu überwinden versuchten.

»Die Geschichte des Orpheus berührt uns bis auf den heutigen Tag, weil sie eine Geschichte des Scheiterns ist. Der wunderbare Versuch, die beiden rätselhaften Urgewalten der menschlichen Existenz, die Liebe und den Tod, miteinander zu versöhnen und die wildere der beiden wenigstens zu einem kleinen Kompromiß zu bewegen, geht am Ende daneben.« *Patrick Süskind*

Andrzej Szczypiorski
Eine Messe für die Stadt Arras

Roman. Aus dem Polnischen
von Karin Wolff

Im Frühling des Jahres 1458 wurde die Stadt Arras von Hungersnot und Pest heimgesucht. Im Laufe eines Monats fand beinah ein Fünftel der Stadtbevölkerung den Tod. Kurze Zeit später kam es aus ungeklärten Gründen zu Juden- und Hexenverfolgungen, Prozessen wegen angeblicher Häresie und auch zu Brandschatzung und Gewaltverbrechen. Nach drei Wochen trat wieder Ruhe ein. Geraume Zeit danach erklärte David, Bischof von Utrecht und unehelicher Sohn Philipps des Guten, des Herzogs von Burgund, alle Hexen- und Ketzerprozesse für nichtig und segnete die Stadt.

»*Eine Messe für die Stadt Arras* ist Andrzej Szczypiorskis Hauptwerk.« *Marcel Reich-Ranicki*

»Ein großartiger Roman. Dieses Buch ist erstmals 1979 erschienen und hätte schon damals von uns gelesen werden können. Wir haben es versäumt. Wir sollten vorsichtiger sein, wenn wir uns über ›die besten Bücher‹ und ›die wichtigsten Autoren‹ äußern, denn es ist allzeit wahrscheinlich, daß wir die gar nicht kennen. Zum Beispiel den Roman *Eine Messe für die Stadt Arras* von Andrzej Szczypiorski.«
Ulrich Greiner / Die Zeit, Hamburg

»Andrzej Szczypiorski belegt, daß der Roman keineswegs tot ist, daß menschliche Schicksale im doppelten Sog der Geschichte und der Zeit noch immer, und zwar auf höchstem Niveau, in der Romanform darstellbar sind.« *Neue Zürcher Zeitung*

Joseph Victor von Scheffel
Ekkehard

Roman. Mit einem Nachwort des Autors

In seinem Roman von der Liebe der klugen Herzogin von Schwaben zu dem jungen Mönch Ekkehard gibt Scheffel, der Wissenschaftlichkeit mit freier Erfindung verbindet, ein bis heute lebendig gebliebenes Bild des Mittelalters.

»Ich sprach soeben mit jemand über Scheffels *Ekkehard.* […] Ältere, ich meine Bücher, die von Generationen anerkennend gelesen worden sind, die der Vergangenheit angehören, atmen schon nur deswegen einen Hauch von etwas Heimeligem aus, wovon man sich gern einnehmen läßt. Das sanktgallische Klostergebäude hebt sich vom Ufer des Bodensees, geographisch nicht allzu genau genommen, architektonisch ab. Aus der Seefläche steigen Säbel über den Köpfen schwingende Hunnengestalten hervor.
Man kommt sich, derlei lesend, knabenhaft vor, man hat Eltern, geht noch zur Schule, kokettiert mit der Idee, man habe Kameraden. Sollte solche momentane Täuschung nicht etwas wert sein?« *Robert Walser*

»Scheffels *Ekkehard* – ein Kultbuch des neunzehnten Jahrhunderts.« *Radio Bremen*

Urs Widmer
im Diogenes Verlag

»Urs Widmer zählt zu den bekanntesten und renommiertesten deutschsprachigen Gegenwartsautoren.«
Michael Bauer / Focus, München

*Vom Fenster meines
Hauses aus*
Prosa

Schweizer Geschichten

Liebesnacht
Eine Erzählung

Die gestohlene Schöpfung
Ein Märchen

*Der Kongreß der
Paläolepidopterologen*
Roman

*Das Paradies
des Vergessens*
Erzählung

Der blaue Siphon
Erzählung

Liebesbrief für Mary
Erzählung

*Die sechste Puppe im
Bauch der fünften Puppe
im Bauch der vierten*
und andere Überlegungen zur Literatur. Grazer Vorlesungen 1991

Im Kongo
Roman

Vor uns die Sintflut
Geschichten

Der Geliebte der Mutter
Roman
Auch als Diogenes Hörbuch erschienen, gelesen von Urs Widmer

*Das Geld, die Arbeit,
die Angst, das Glück.*

Das Buch des Vaters
Roman
Auch als Diogenes Hörbuch erschienen, gelesen von Urs Widmer

Ein Leben als Zwerg

*Vom Leben, vom Tod
und vom Übrigen auch
dies und das*
Frankfurter Poetikvorlesungen

Außerdem erschienen:

Shakespeares Königsdramen
Nacherzählt und mit einem Vorwort von Urs Widmer. Mit Zeichnungen von Paul Flora

Valentin Lustigs Pilgerreise
Bericht eines Spaziergangs durch 33 seiner Gemälde. Mit Briefen des Malers an den Verfasser

*Das Schreiben ist das Ziel,
nicht das Buch*
Urs Widmer zum 70. Geburtstag. Herausgegeben von Daniel Keel und Winfried Stephan

Hugo Loetscher
im Diogenes Verlag

»Hugo Loetscher ist zweifellos der kosmopolitischste, der weltoffenste Schriftsteller der Schweiz. Es weht ein Duft von Urbanität und weiter Welt in seinen Büchern, die sich dennoch keineswegs von den sozialen Realitäten abwenden, ganz im Gegenteil. Loetscher ist eine Ausnahmeerscheinung in der Schweizer Gegenwartsliteratur nach Frisch und Dürrenmatt. Eine Ausnahmeerscheinung ist er durchaus bezüglich der literarischen Qualität. Er ist es aber auch als Intellektueller: Eben weil es ihm gelungen ist, die kulturelle und politische Enge der Schweiz in ein dialektisches Verhältnis zu bringen. Und fruchtbar zu machen.«
Jürg Altwegg

Wunderwelt
Eine brasilianische Begegnung

*Herbst in der
Großen Orange*

Noah
Roman einer Konjunktur

*Der Waschküchenschlüssel
oder Was – wenn Gott
Schweizer wäre*
Geschichten

Der Immune
Roman

Die Papiere des Immunen
Roman

Die Fliege und die Suppe
und 33 andere Tiere in 33 anderen Situationen. Fabeln

Die Kranzflechterin
Roman

Abwässer
Ein Gutachten

Der predigende Hahn
Das literarisch-moralische Nutztier. Mit Abbildungen, einem Nachwort, einem Register der Autoren und Tiere sowie einem Quellenverzeichnis

Die Augen des Mandarin
Roman

Vom Erzählen erzählen
Poetikvorlesungen. Mit Einführungen von Wolfgang Frühwald und Gonçalo Vilas-Boas

Der Buckel
Geschichten

Lesen statt klettern
Aufsätze zur literarischen Schweiz

Es war einmal die Welt
Gedichte

In alle Richtungen gehen
Reden und Aufsätze über Hugo Loetscher. Herausgegeben von Jeroen Dewulf und Rosmarie Zeller